U0596202

十三行小字中央

江弱水 著

浙江大学出版社
ZHEJIANG UNIVERSITY PRESS

目　录

独孤求败的罗隐

　　驱车从临安到富阳，走206省道，沿途经过板桥、三口、永昌，我们绕一点路到新登停下，因为罗隐。

　　新登现在是个镇，过去是个城。从三国孙吴时起便在此置县，一千八百年里绝大部分时间，这里都是新登县（或新城县）县治所在地，撤县为镇不过五十来年。眼前的新登，纵横的街衢上车水马龙，显然还有旧时县治的规模和气象。蔚然深秀的贤明山下，一个占地数十亩的公园，凿池叠石，植木莳花，也是都市里才有的手笔。我们沿着步道拾阶而上，去参观山腰的罗隐碑林，却不巧关了门，便在旁边的昭谏亭盘桓了一会儿。亭为六角，两柱刻着罗隐临终前吴越王钱镠登门问疾时题赠在壁上的两句诗："黄河信有澄清日，后世应难继此才。"再往山顶走，有由明万历年间的一位知县所造的联魁塔，寄寓此邦"人文蔚起，联袂登魁"的美意。我心想，罗隐的碑林建在这座塔的下方，实在是个反讽。要知道，此人正是连年不魁，所谓"十上不第"的背运啊。

　　一千三百多年的科举考试中，无名的失败者太多。有名的人中，清代蒲松龄是连举人都考了十次考不上，明代归有光是考了八次进士，六十岁方博一第。他们的境遇都更惨烈，因为明清科考是三年一度，所以竟从年少一直考到老。唐代科举是一年一试，故罗隐属于短痛型，但来得实在太频密了，加上他才名籍甚，每一次都势在必得，期望值高，失望也就格外大。到了最后，罗隐考不上，竟比他考上了更传奇。

话说回来，罗隐怕是越考到后来越不当一回事。唐人科举都有行卷之风，就是拿平常所做的诗和文章精选一番，先呈主考大人过目，好得个印象分。别人呈上的是精挑细选的诗赋传奇，罗隐偏要拿许多愤世嫉俗的小品文去行卷，这便是他的《谗书》。鲁迅说，罗隐的《谗书》"几乎全部是抗争和愤激之谈"。他骂刘项："视玉帛而取之者，则曰牵于寒饿。视国家而取之者，则曰救彼涂炭。"（《英雄之言》）他斥大禹："夫安九州之大，据兆人之上，身得意遂，动适在我，鲜有不以荒怠自放者。"（《子高之让》）他称赞尧舜不传子而传贤，"欲推大器于公共"，"示后代以公共"，"俾家不自我而家，而子不自我而子"（《丹商非不肖》），在家天下的时代这都是逆天的狂言，却深契主权在民的现代政治思想。如此放言无忌，难怪为有司所不取。罗隐也知道这是给旁人添堵，给自己添乱，但他不在乎，说什么文章之兴，不为举场不为名，他另有更高的使命："盖君子有其位，则执大柄以定是非。无其位，则著私书而疏善恶。斯所以警当世而诚将来也。"

在后世的品评里，罗隐湮没在晚唐一众小家的名字里了，但我认为，他被严重低估。我读韩愈，觉得不是一般的装，而且不讲理；读罗隐，便觉得真率、直截、痛快。他的博洽，他的通脱，在在令我吃惊。他不光是一个通俗的诗人，属对精切，用事平易，写了许多"时来天地皆同力，运去英雄不自由""今朝有酒今朝醉，明日愁来明日愁""若教解语应倾国，任是无情亦动人""采得百花成蜜后，为谁辛苦为谁甜"之类熟到让人忘了知识产权谁属的好句子。他还是有担当的节士，也是有思想深度的作家，不仅有《谗书》，还有《两同书》，那是中国政治哲学史上有地位的书。孟子"民为贵，社稷次之，君为轻"之后，黄宗羲"天下为主，君为客"之前，两千年里还有谁像罗隐，敢叫人防火防盗防君主？

　　罗隐何止政治观念很现代，他还有更超前的经济思想呢。《谗书》里有一篇《市赋》，假托晏子对齐景公描绘市场的热闹，我发现他早就注意到了现代经济学中那只"看不见的手"（invisible hand）：

　　　　先己后人，惟贿与赂。非信义之所约束，非法令之所禁锢。市之边，无近无远。市之聚，无早无晚。货盈则盈，货散则散。贤愚并进，善恶相混。物或庚时，虽是亦非。工如善事，虽贱必贵。……蜀桑万亩，吴蚕万机，及此而耗，繄何所之？东海鱼盐，南海宝贝，及此而耗，其谁主宰？君勿谓乎市无伎，歌咽舞腰，贱则委地，贵则凌霄。君勿谓乎市无门，可南可北，阴阳迭用，人以消息。市之众，不可以言，或有神仙。市之杂，不可以测，或容寇贼。舍之，则君子不得己之玩好；挠之，则小人不得己之衣食。

熙熙攘攘的市场上，人们皆为逐利而来。货物的聚散，价格的波动，都根据自愿的原则，形成自发的秩序。市场各要素的配置和流动，仿佛由一种看不见摸不着的内在机制在起作用，却不知道"其谁主宰"。亚当·斯密在《国富论》里把这个在冥冥中平停酌剂、操纵调节的"主宰"称为"看不见的手"。作为主政者，你不要生事，不要为了奖善惩恶、兴利除弊而用法令去干预它。你干扰了市场，百姓就得不到吃的喝的。你放弃了市场，君子就得不到玩的乐的。你看，在重农抑商传统根深蒂固的古代中国，罗隐"以交易进退祛人蒙昧"，简直算得上是自由主义市场经济的先知。

政治观念也好，经济思想也罢，不过是罗隐匡时济世之心之术的表现，他的成就主要还在文学。他写得好，不仅好看，而且好玩。不妨来看《谗书》里的《迷楼赋》，这真是一篇奇文：

迷楼者何？炀帝所制。炀袭文后，天下无事。谓春物繁好不足以开吾视，谓春风懒慢不足以欣吾志。斯志既炽，斯楼乃峙。櫰梗沉檀，栋梁杞梓。将使乎旁不通于日月，外不见乎天地。然后朝奏于此，寝食于此。君王欲左右有粉黛，君王欲左右有郑卫。君王欲问乎百姓，曰百姓有相。君王欲问乎四方，曰四方有将。于是相秉君恩，将侮君权。百官庶位，万户千门。且不知隋炀帝迷于楼乎？迷于人乎？若迷于楼，则楼本土木，亦无亲属，纵有所迷，何爽君德？吾意隋炀帝非迷于楼，而人迷炀帝于此，故曰迷楼，然后见生灵意。

通篇散句而骈行，长短不拘，错落有致，节奏十分佻达，声音格外恬嬉，有一种任性的调调儿，恰合事主隋炀帝的任性。可见作者游刃有余，心态特别放松。

罗隐以恃才傲物著称当世。其《叙二狂生》曰："气下于物则谓之非才，气高于人则谓之陵我，是人难事也。张口掉舌则谓之讪谤，俯首避事则谓之诡随，是时难事也。"他是左右为难，索性一意孤行。但在文人们名心大炽狂态毕张的晚唐，罗隐其实是很有操守和担当的。甚至在中国文学史的狂生谱系中，他也是一个独特的存在，因为他居然能够掂量出自己的斤两，雅善自嘲。五代后蜀何光远《鉴诫录》载：

> 罗隐秀才，傲睨于人，体物讽刺。初赴举之日，于钟陵筵上与娼云英同席。一纪后，下第，又经钟陵，复与云英相见。云英抚掌曰："罗秀才犹未脱白耶？"隐虽内耻，寻亦嘲之："钟陵醉别十余春，重见云英掌上身。我未成名君未嫁，可能俱是不如人。"

笔记作者叙事应该无误，但显然错会了诗意。"可能"是"也许"的意思，"可能俱是不如人"分明是不胜唏嘘的自伤，是苦笑的自嘲，也是向"同是天涯沦落人"的对方表示同情。说什么心下自耻因而嘲人，那是俗人的浅见了。所以我不喜欢这首诗被题作《嘲钟陵妓云英》，还是作《偶题》好。诗里的意思也非常偶然，极为难得，因为我们看到太多露才扬己的自大狂，以及虚荣心受了伤的自恋癖，只觉得自己才大而不为世用，恨这个社会太不公平，恨他人欠自己太多。T.S.艾略特在《莎士比亚与塞内加的苦修主义》（1927）一文中，批判一种"傲世的恶习"，说："在所有的美德中，最难做到的，莫过于'谦逊'了；要把自己往好里想的念头是很难消灭的。"罗隐居然能把自己往差劲的地方想，能客观地进行自我评估，坦承自己也许真的"不如人"。试想中国历史上，有几个文人肯讲这样的话？

生于末世运偏消，但罗隐虽有不平，却不失衡，终不似啮肠之鼠恨恨一生。唐末有多少久试不第的士子，蓄积成一腔子怨毒惨酷，然后疯狂地报复社会啊！"李振屡举进士，竟不中第，故深疾搢绅之士，言于全忠曰：'此辈常自谓清流，宜投之黄河，使为浊流！'全忠笑而从之。"这就是唐亡前夜著名的一夕诛杀三十多位文臣的"白马驿之祸"，祸起朱温的亲信李振二十年间科考屡屡失败造成的心理变态。但朱温篡唐的消息传到东南，时任钱王节度判官的罗隐只劝钱王举兵讨梁而不要"交臂事贼"。钱王一直以为罗隐不遇于唐，或有怨心，这下才明白他的拳拳之忠，故"其言虽不能用，心甚义之"。罗隐的境界到底不是唐末一众汲汲于求售的轻薄文士所能梦见的。

可惜罗隐不只是生前不遇，死后也声名不彰，先是倒了"宋人责人无已而幽光掩"的霉，后又吃了元人辛文房《唐才子传》的亏。辛氏放大了他的简傲、褊急、诙谐与嘲讪，将他扁平化、标签化了。对历史人物的评价，其实很像股票市场上的价格波动，有的高开低走，比如扬雄，隋唐以前是极受推尊的大宗师，但宋以后声名一落千丈；有的低开高走，比如陶渊明，在钟嵘的《诗品》里只列中品，到了宋朝却是众望所归的大诗人。这叫作"品味的陀螺"，只是罗隐从来没有进入这个陀螺形的曲线里。受累于晚唐五代在文化上整体的低落，罗隐也只能以"一塌糊涂的泥塘里的光彩和锋芒"而被历史记取了。但我揣测，管它身后是寂寞还是热闹，罗隐恐怕都不会在乎，因为他心态比较好。"浮世到头须适性，男儿何必尽成功？"这话是自我宽解，却也可为当今的"成功学"患者疗疾。

罗隐最后的归宿是在民间。从来没有一个诗人能像罗隐那样，成为众多民间传说的主角。从两浙到两广，这位貌寝、数奇、乞丐身、皇帝嘴的"罗衣秀才"，这位出口成谶、触手成春的整蛊大师，就活灵活现在村妪野老的口中和儿童的心中。这是上天给罗隐最高的奖赏，足以安慰这位永恒的loser的心。

从贤明山上下来，车过葛溪与松溪，对岸是罗隐的出生地双江村，什么遗迹都不会有了，因为诗人只把名字留给了诗。前几年，诗人朋友茱萸来到富春江边，写过一首《罗隐：秾华辜负》，结尾最是意味深长：

> 太平匡济的一揽子计划，远不如
> 民间为你编排的全套传奇脚本那般
> 来得有趣。从此安心做一个配角吧，
> "俱是不如人"，他们却相信失败者
> 随口说出的谶言：在乏味的今日
> 唯有诗，提前将激情抛到了远处。

《水浒》里的人情

《水浒》又称《忠义水浒传》，其实，忠是幌子，义是门面，真正的关键词，是人情。

（一）

常言说，中国是一个人情社会。人情是个社会概念，《红楼梦》里"练达即文章"的人情，是洞明世事、洞晓世态、洞悉世故的人际关系学，梁山好汉们既不处社会，也不处家庭，照理说人情二字与他们毫不相干，可是在四大名著中，却偏偏数《水浒传》里这个词的出现频率最高。这是为什么呢？

《水浒》里的人情，说白了，就是送礼。唐宋人都把送礼叫作送人情，明清皆然，所以人情就是指凑份子当礼物的钱财。薛姨妈拜见贾母，"将人情土物各种酬献了"，王熙凤银子上千钱上万地调度"人情客礼"，都是润物细无声地送礼。但《水浒》里的礼送得却一点不含糊，结实得就像好汉们的拳头。金圣叹贯华堂本

第八回，林冲刺配沧州，发在牢城营里，狱友们提点他说：

此间管营、差拨，十分害人，只是要诈人钱物。若有人情钱物送与他时，便觑的你好；若是无钱，将你撇在土牢里，求生不生，求死不死。若得了人情，入门便不打你一百杀威棒，只说有病，把来寄下；若不得人情时，这一百棒打得个七死八活。

第二十七回，武松被解到孟州牢城营的安平寨中，照例有许多囚徒来开导他：

好汉，你新到这里，包裹里若有人情的书信，并使用的银两，取在手头，少刻差拨到来，便可送与他，若吃杀威棒时，也打得轻。若没人情送与他时，端的狼狈！

第三十七回，宋江到了江州牢里，不待旁人指教，便自"央浼人情"，到处使钱，弄得没一个不欢喜他，杀威棒寄下不打，却过不了押牢节级戴宗这最后一关。戴院长好威风，掇条凳子坐下，狂骂落到他手里的"行货"："你这黑矮杀才，倚仗谁的势要，不送常例钱来与我？"宋江道："'人情人情，在人情愿'，你如何逼取人财？好小哉相！"宋江这是拿话逗他玩，因为只要报上自己及时雨的大名，对方一准会纳头便拜。

送人情就是送礼，礼因人情而设。礼尚往来，来而不往非礼也。作为中国社会人际交往的润滑剂，人情往来在中国是一门精细的学问，其间的分寸拿捏最伤脑筋，既不能让对方吃亏而失了咱的面子，又不能让自家吃亏而失了咱的里子。连武大郎也叮嘱潘金莲不要白吃了王婆的酒，明日也买些酒食回礼，"休要失了人情"。王婆后来知道了，还连夸"大郎直恁地晓事"。不近人情在中国社会是很糟糕的评价，如苏洵说"凡事之不近人情者，鲜不为大奸慝"（《辨奸论》），所以人情渐渐成了一种要挟。《西游记》里孙悟空说："人情大似圣旨。"鄙乡俗谚也有云："人情大似债，头顶锅来卖。"这样一来，本来是柔软润滑的人情，硬是变成了一种刚需了。

牢城营里的管营、差拨，一把撕下罩在人情上面的温情脉脉的面纱，把它变成了纯粹的贿赂。好在这种暴力人情，只是现货交易，实付明收，一勾两讫。还有一种人情，属于期货，当场不结算，日后才交割，等于交情、情面、面子。这是以远程合约的形式所做的长线投资。人情这门学问最高深的地方在此，水浒里的夯货们根本不懂，但懂的人却真懂，且玩得精熟，书里头也写得十分细致饱满。

坐第一把交椅的当然是宋江。这位"如同天上下的及时雨一般能救万物"的小公务员，给读者的印象是见人就发红包。第一次见了李逵，就打赏了十两银子："贤弟但要银子使用，只顾来问我讨。"宋江散漫使钱，看上去好像不问对象，其实最后哪一文钱都落到了实处。这不，铁牛满心欢喜之余，从此跟定了带头大哥，效犬马之劳不说，最后把一条命也搭给了他。宋江说得好："些须银子，何足挂齿。我看他倒是个忠直汉子。""忠"而且"直"，李逮的价值不就是死心眼吗？宋江是一个绝对理性的天使投资人，对所投的项目有清醒的判断，看预期，看增量，然后一投一个准。其中最成功的一项，是晁盖一伙人劫生辰纲事发，他通风报信使之脱身。这是梁山事业的第一桶金，宋江拿到的回报也丰厚无比。

怎样丰厚的回报呢？不妨来看第四十回，梁山好汉们倾巢出动，从山东劳师远征到江西，杀去江州，劫了法场，救了宋江。想不到这位孝义黑三郎才出生天，便道："怎地启请众位好汉，再作个天大人情，去打了无为军，杀得黄文炳那厮，也与宋江消了这口无穷之恨。那时回去，如何？"这要求实在是太过分，因为众兄弟刚为他血战了一场。可宋江根本不加理会，就要让大家替自己泄私愤，再来一场血战。宋江硬是开得了这个口，而且大家果真也就杀了回去："众好汉亦各动手，见一个，杀一个，见两个，杀一双，把黄文炳一门内外大小四五十口，尽皆杀了，不留一人。"宋江的笃定在于，他知道晁盖们早欠下他一个"天大人情"，得还。

其实要说还人情，晁盖他们早就还了又还。晁天王一坐稳山寨，立马想到酬谢一干人等，特派刘唐"送些人情与押司"，那是黄金一百两。宋江只收了其中的一条，说其余且存放山寨。谁知那一条金子偏偏给阎婆惜看见，而惹出杀身之祸。但一百两黄金毕竟只是十万贯珠宝的零头，何况宋押司当初是"担着血海也似干系"来报。这是双方都心照不宣的事。于是我们就看到，宋江半推半就地不断收取着天罡地煞们的人情回报，割了一茬又一茬，从聚义厅的二把手，直到成为忠义堂的掌门人。

拿到生辰纲这一原始股的，不只宋江，还有朱仝。当日虽有宋押司的通风报信，可晁保正家大业大，一时没能走脱，朱仝、雷横两都头趁夜领兵去拿。晁盖从后门逃出，朱仝追得紧，直追到后面没人跟得上，这才丑表功说："保正，你兀自不见我好处。我怕雷横执迷，不会做人情，被我赚他打你前门，我在后门等你出来放你。你见我闪开条路，让你过去。"其实雷横也早就有心要放晁盖，只是慢了半拍："朱仝和晁盖最好，多敢是放了他去？我却不见了人情。"后来晁盖叫刘唐回人情给宋押司和朱都头，果然没有雷横的份。金圣叹批得有意思：

> 朱仝得见人情，雷横不得见人情，甚矣朱仝之强于雷横也。然殊不知先有宋江早已做过人情，真乃夜眠清早起，又有早行人也。

但孟超《水泊梁山英雄谱》将朱仝、雷横合赞，赞词曰：

> 义到临头，义到脚下，水到渠成，自合于义，此仍不足为至高无上之举。真正义士，勇于赴义，勇于行义，行义唯恐落于人后，行义唯恐不在于己，甚至于以行义作竞赛，以行义互相争先。

分明是一出争卖人情的闹剧，居然给硬拗成竞相行义的壮举！第二十一回，又写两位到宋家庄去捉宋江，朱仝故技重演，自个儿偷偷揭开大哥藏身的地窖，去宣叙心曲："我只怕雷横执着，不会周全人，倘或见了兄长，没个做圆活处，因此小弟赚他在庄前，一径自来和兄长说话。"然后佯称宋江真个没在庄里，只说要拿了宋太公去县上。雷横寻思："朱仝那人，和宋江最好。他怎地颠倒要拿宋太公？这话一定是反说。他若再提起，我落得做人情。"

这一回题作"朱仝义释宋公明"，让我们知道了《水浒》里的义究竟是什么货色。人情是义吗？像是，但不是。人情圆活，而义方正，因为义是公义，人情属私恩。公义是内心的诉求，不期望回报；私恩最后要算钱的，等量交换，或者加倍奉还。孟子曰："羞恶之心，义之端也。"宋江、朱仝和雷横，这几个没羞没耻的基层干部，照今天的话说，都是吃饭砸锅的主儿，整天盘算着人家的"好处"与"歹处"，尽干些吃里扒外、假公济私的勾当，借一句鲁智深的话说就是："把官路当人情，只苦别人。"

（二）

鲁迅《故事新编》的《铸剑》里，少年称人为"义士"，那人严冷地说："孩子，你再不要提这些受了污辱的名称。仗义，同情，那些东西，先前曾经干净过，现在却都成了放鬼债的资本。"从宋江、朱仝、雷横们身上，我们看到了放鬼债的资本家，怎样攒人品，聚人气，市私恩，坏大法，假仗义之名，行渔利之实。

牟宗三的《水浒世界》一文我极是佩服，其中讲到好汉们的义气，我原也同意：

> 在积极方面，他们都讲义气，仗义疏财。消极方面是个义字，积极方面亦是个义字。义之所在，生死以之，性命赴之。天下有许多颠连无告者、弱者、残废者、哀号宛转无可告诉者，此种人若无人替他作主，直是湮没无闻，含恨以去。大圣大贤于此起悲悯心，伊尹之任亦于此处着眼，《水浒》人物则在此处必须打上去。

但是，牟宗三所不屑的学究气如今却在我身上发作，我不相信了。不错，鲁提辖拳打镇关西，武都头斗杀西门庆，确是替被侮辱与被损害者出头做主；林冲杀陆谦，杨志杀牛二，也都是自身被逼到绝境的冲天一怒。但是，《水浒》里还有太多的"打上去"，其所打的对象，开打的动机，都值得怀疑。李逵"排头儿砍将去"的江州百姓不在少数，最恶劣的是劈死四岁的小衙内，连朱仝都觉得"忒歹毒些个"。值得细论的是武松醉打蒋门神一节。

武松刚解到安平寨，众囚徒便介绍了里面暗无天日的罪恶，什么盆吊啊袋压啊，种种摧残犯人的精致把戏。施恩乃孟州牢城营老管营的公子，安平寨的小霸王。武松的一双精拳头，本来应该冲着他打上去的，但武松并不，因为施恩着人每天好酒好肉地伺候着自己，武松欠他人情了，结算方式便是替他卖命，夺回快活林，那可是一份大产业。施恩夸说道：

往常时，小弟一者倚仗随身本事，二者捉着营里有八九十个弃命囚徒，去那里开着一个酒肉店，都分与众店家和赌钱兑坊里。但有过路妓女之人，到那里来时，先要来参见小弟，然后许他去趁食。那许多去处，每朝每日，都有闲钱，月终也有三二百两银子寻觅，如此赚钱。

警匪一体，黑白通吃，真是黑恶势力的标配。但那些被收保护费的妓女们辛酸的泪水，武松何曾介怀？他自降身份，把自己变成了那八九十个弃命囚徒之一。这一回题作"施恩义夺快活林"，与"朱仝义释宋公明"真是相映成趣。王望如的批语很到位："独计林名'快活'，人人得而夺之，朝梁暮晋，亦可朝晋暮梁。而必以夺之者为'义'，取武松感恩图报之心耳。若夫施恩之占强霸市，王法有所不贷，'义'云乎哉！"

"快活林"的名字起得好，浓缩了好汉们的理想：人生一世，草生一秋，就图个"快活"，而且要"快活"成一个弱肉强食的"霍布斯丛林"（Hobbesian Jungle）：

吴用道："恁地时，那厮们倒快活？"阮小五道："他们不怕天，不怕地，不怕官司；论秤分金银，异样穿绸锦；成瓮吃酒，大块吃肉，如何不快活？我们弟兄三个空有一身本事，怎地学得他们！"

阮小二道："如今该管官司没甚分晓，一片糊涂！千万犯了迷天大罪的倒都没事！我兄弟们不能快活；若是但有肯带挈我们的，也去了罢。"

这些"立地太岁"和"活阎罗"们，满血负荷着赤裸裸的生物性本能和欲望。黄永厚说牛二是"只凭大自然驱使"，牟宗三则说好汉们是"原始生命必须蠢动"。"他有那股充沛的气力，你如何叫他不蠢动？"他又说错了，因为这些好汉绝不会蠢到轻举妄动。吴学究到石碣村，假意要买十几条各重十四五斤的大鱼，阮氏兄弟垂头丧气说只能搞到五六斤一条。吴用挑弄说是不是官家有禁，阮小五牛气冲天地说："甚么官司敢来禁打鱼鲜！便是活阎王也禁治不得！"可紧接着阮小七便泄了气，交了底："这个梁山泊去处，难说难言！如今泊子里新有一伙强人占了，不容打鱼。"官府禁不得，阎王禁不得，怎么强盗就禁得呢？禁得阮氏兄弟"绝不敢去"，更不敢"打上去"。好汉们的拳头分明欺软怕硬，他们不怕官司不怕天，只怕比自己更强的强人。强不过别人呢，就一副过屠门而大嚼的馋相和熊样。

水浒世界是个昏天黑地的世界，无一桩官司不黑，而梁山好汉们乐于利用这黑。第二十一回，阎婆大闹郓城县，知县因为和宋江最好，有心要出脱他，只把无辜的唐牛儿再三推问，"只要朦胧做在唐牛儿身上，日后自慢慢地出他"。"朦胧"两字，真有诗意。第五十回，雷横一枷劈死了白秀英，尽管朱仝"上下替他使用人情"，却因为死者是知县的相好，"把这文案却做死了"。"做死了"便没了朦胧之美，大煞风景。紧接着下一回，金枝玉叶的柴大官人的叔叔被高太尉的堂兄弟的妻舅占了宅子和花园，柴进蛮有把握地说："这里和他理论不得，须是京师也有大似他的，放着明明的条例，和他打官司！"李逵这时说出一句话来，令我惊为天人：

条例，条例，若还依得，天下不乱了！

（三）

少不读《水浒》。是的，《水浒》是要把人读坏的。倒不是教你动不动就"打上去"，不利于对肾上腺素的管理；而是让你三观不正，把这世界看颠倒了：权就是理（might is right），情胜于法。官无不贪，民由来暴。败从上作，乱自下生。陆建德说《水浒》造成了他的阅读灾难，一点都不奇怪。二十年前在吐露港畔的钱穆图书馆，我的一位姓严的学弟苦着脸跟我说，《水浒》中人，杀人放火，怎么能当英雄歌颂呢？我同情地看着这位患上阅读障碍的好同学，全无心肝地笑了，还改了一句济慈的诗回答他：美不是善，善不是美。这就是/我们在世上所知和须知的一切。

可是现在，我有点倾向于柏拉图的观点了。美并不就是善，善也不就是美，但美应该是有益的，有益于城邦的伦理秩序、公共生活的正义、公民的美德等等。小说与群治的关系之紧密，不可轻忽。韦恩·布斯在他的小说伦理学中，认为读小说是可贵的伦理活动，既要全情投入以想象，又需要超然作批判性反思，从而引起共同的导向，找到一种适合于民主社会的公共推理。对于

《水浒》，我们有这样读的可能吗？我同意顾随的说法，《水浒》是神品，但它同时也属于韦恩·布斯眼中的那一类畅销书，通过粗野的情感、有时将他人看成非人的幻想来吸引读者。一代又一代人是喝这样的狼奶长大的。民主社会的话题太奢侈，当务之急是要把人情社会真正转变成法治社会。要做到这一点，首先得除掉你我身上的"水浒气"。

《聊斋》小样儿

每一篇都将有一个狐女
　　翩翩来到你窗前，
招你作一次传奇的艳遇，
　　像轻风行过水面。

心情也宛转如水。你忽忽
　　学一枝青藤的入迷；
迷入春山而不知了出处，
　　渐渐你形销骨立。……

你是个读书人，你很穷很有才，你正坐在书斋里读你的书，哦，这就对了。有一天，你在想美女，美女就来了。或者你没有想美女，美女也来了。来了你想求欢，她是不肯的。可是你很坚持，她也就肯了。肯了以后，她就是你的人了，跟你和和美美地过日子了。钱财不用愁，自然是她带了来。她负责貌美如花，还负责挣钱养家，最后还给你生个娃，聪明，会读书，长大了金榜题名，那是靠得住的。

开头的几行诗，是我二十岁时写的。接下来的这段话，是我这会儿写的。写的都是《聊斋志异》。你看，《聊斋志异》只合年少时读，读来绮梦联翩。过了知命之年，再读，感觉就满不是那回事了。问题出在谁身上？是这个世界去魅了吗？还是我的人生解惑了呢？书犹昔书，人非昔人也，所以，看书的眼光不一样了。

（一）

钱锺书《容安馆札记》第二十一则云："纪文达《阅微草堂笔记》修洁而能闲雅，《聊斋》较之，遂成小家子。"王培军《随手札》引张爱玲《谈看书》里的话，说是与钱锺书看法一致："多年不见之后，《聊斋》觉得比较纤巧单薄，不想再看，纯粹记录见闻的《阅微草堂》却看出许多好处来。"我则在顾随的讲文录里，看见与他俩大同小异的说法：

> 《阅微草堂笔记》，腐。《聊斋志异》，贫。不是无才气、无感觉、无功夫、无思想，而是小器。此盖与人品有关。

这个"人品"，不是指品质好不好，而是说品位高不高，是思想境界和精神格局的同义词。顾随的意思是说蒲松龄境界不高，格局不大，也就是"小器"，即钱锺书说的"小家子"。换一个亲昵一点的叫法，应该是"小样儿"。

是的，蒲松龄是小样儿的，因为他想得美。怎样一个想得美？让我从一只扑满说起。

《辛十四娘》的男主角冯生，黄昏进了一座古寺，遇见辛氏一大家，看上了红衣少女十四娘，便趁着酒意毛遂自荐，要做人家的夫婿，被揪打出门，却又误撞到一座府第中，与女主人一叙，原来是自己的姑舅奶奶薛尚书夫人。薛尚书夫人已隶鬼籍，而余威犹存，她出面做媒，为冯生娶十四娘为妇。婚后冯生不听十四娘劝诫，交友不慎，纵酒无度，被楚银台之公子构陷入狱。辛十四娘让一个漂亮的婢女赶赴京城，想必是去面圣，因为听说皇上巡幸大同，便伪作流妓到了勾栏里，极蒙圣眷。皇上听取了汇报，签发了指示，从顶层设计解决了冯生的案子。冯生出狱回家，但辛十四娘已厌弃了尘世生活，事先已托媒购得一位容华颇丽的良家少女禄儿，预以自代，然后她容光一日减去一日，不过半载即老丑如村妪，最后得暴疾死去。冯生悲恸欲绝，但也无法可想：

> 遂以禄儿为室。逾年，生一子。然比岁不登，家益落。夫妻无计，对影长愁。忽忆堂陬扑满，常见十四娘投钱于中，不知尚在否。近临之，则豉具盐盏，罗列殆满。头头置去，箸探其中，坚不可入。扑而碎之，金钱溢出。由此顿大充裕。

我们也"忽忆"起来了，这只扑满，作者原来早已悄悄备下。十四娘过门那天，"妆奁亦无长物，惟两长鬣奴扛一扑满，大如瓮，息肩置堂隅。"婚后十四娘日以纤织为事，"又时出金帛作生计，日有赢余，辄投扑满"。契诃夫提醒过我们，小说如果一开始有支枪挂在墙上，后面就得开枪。当这只扑满最后被敲碎，金钱稀里哗啦流了一地，我们这才恍然大悟，惊觉这只扑满原来有现代人预缴的养老保险之妙用，而叹服十四娘用心之良苦，蒲松龄用心之良苦。

但作者的伏笔乍看心机深，其实天机浅。你只要写那两个满脸长胡子的仆人哼哧哼哧扛一只大瓮进来就行了，没人会注意到瓮上面还有一道狭口，非得由你点破这是一只大得离谱的储钱罐。小说家的纪律是叙事人的见识不能僭越当事人的见识。至于那位皇上，被特地打发到大同的窑子里去委身于一个无名无姓的婢女，情节更是脑残。说白了，这些都是希腊戏剧里最后为了收拾烂摊子而用机关降下来的神，是脂砚斋批评《西游记》所说的"至不能处便用"的观世音。

再来看一篇《红玉》，主人公也姓冯，叫冯相如。开头很美：

> 一夜，相如坐月下，忽见东邻女自墙上来窥。视之，美。近之，微笑。招以手，不来亦不去。固请之，乃梯而过，遂共寝处。问其姓名，曰："妾邻女红玉也。"生大爱悦，与订永好。女诺之。

可两人不能成婚，红玉遂辞别，行前出资为冯生聘下卫氏女，光艳，勤俭，温顺。婚后得一子，但清明扫墓时为乡绅宋某觊觎，大祸临门，冯生父死妻亡，无处申冤。这时来了一位虬髯客，为冯生飞檐走壁，杀宋报仇。冯生回到家中，瓮无升斗，只剩一哭。于是红玉再次出现了，还带着他丢失的儿子。她让冯生诸事莫问，只管闭门读书，自己夙兴夜寐，像男人一样操持劳作，半年过去，家业兴旺起来。冯生也不负所望，中了举。

故事继续了蒲松龄一贯的机关降神的套路。虬髯的伟丈夫只管仗义行侠，用不着交代什么身份、背景、动机。狐女红玉更是大包大揽，替他婆媳妇还替他养儿子，当然是用自己的钱：开头是她"出白金四十两"赠给冯生聘妇，后来是她"出金"置办织具，租田雇工；连冯生恢复生员的资格，也是她"以四金寄广文，已复名在案"。《红玉》里显然有一只没有写出来的扑满。

鲁迅在《病后杂谈》里说，有人愿天下人都死掉，只剩下他自己和一个好看的姑娘，还有一个卖大饼的。"这种志向，一看好像离奇，其实却照顾得很周到。"蒲松龄的小说，浸透了这种大饼思维、扑满思维。他为自己的男主人公着想，一看好像离奇，其实也照顾得很周到。《红玉》的结尾是这样的：

> 是科遂领乡荐。时年三十六，腴田连阡，夏屋渠渠矣。女袅娜如随风欲飘去，而操作过农家妇；虽严冬自苦，而手腻如脂。自言三十八岁，人视之，常若二十许人。

又要你下田锄草，上屋补茅，操作过农家妇；又要你手如柔荑，肤如凝脂，能作掌中舞。所以我说蒲松龄想得美。

（二）

在《聊斋志异》的许多故事里，我们都能发现蒲松龄藏着的大饼，就像杰克·伦敦《热爱生命》的主人公获救后，在船舱卧铺的每一个角落都塞满了硬面包。那是饿慌了。

蒲松龄从十九岁时童子试连中三个第一，到七十一岁高龄援例成为贡生，中间参加过十次乡试，而十次落第。身体上、精神上所受的摧残，实非常人所能堪。所以，《王子安》中闱场内外的诸般惨酷，只有他才形容得出：

> 秀才入闱，有七似焉：初入时，白足提篮，似丐。唱名时，官呵隶骂，似囚。其归号舍也，孔孔伸头，房房露脚，似秋末之冷蜂。其出场也，神情惝恍，天地异色，似出笼之病鸟。迨望报也，草木皆惊，梦想亦幻。时作一得志想，则顷刻而楼阁俱成；作一失志想，则瞬息而骸骨已朽。此际行坐难安，则似被絷之猱。忽然而飞骑传人，报条无我，此时神色猝变，嗒然若死，则似饵毒之蝇，弄之亦不觉也。

巴恩斯的小说《终结的感觉》里有个说法：人生的赌场上，你输一场，又输一场，再输一场，损失不是简单的加法或者减法，而是乘法。失败的感觉是其不断相乘的结果。这样来求蒲松龄的内心阴影面积，该有多大！

蒲松龄撞到了命运的鬼打墙了，于是只好长年寄人篱下，做幕宾和塾师以维生。薄田二十亩，束脩四千文，却有一大家子要养活，他这一辈子，特别是四十岁之前，生活状况糟透了。怪不得他在《聊斋俚曲集》里老是写穷，写精赤的贫穷：冻得满床光腚，饿得老肚生烟。他对金钱的好处有刻骨的认知，因为拿《幸云曲》里游龙戏凤的正德皇帝的话说，他"吃不尽没有的亏"。富有四海的皇上居然说出来这样的话，可见蒲松龄总是以己度人。《墙头记》里的张老鳏感叹："哎！我也曾挣过银子，早知道真么中用，怎么不藏下几两？"人的活法决定了想法，此所以有《聊斋》里各种有形无形的扑满。《穷汉词》写大年初一拜财神：

> 掂量着你沉沉的，端相着你俊俊的，捞着你亲亲的，捞不着你窨窨的，望着你影儿殷殷的，想杀我了晕晕的，盼杀我了昏昏的。好，俺哥哥狠狠的，穷杀我了可是真真的。

一种发怔的语调，仿佛陷入爱情的迷狂。的确，物质匮乏之外，蒲松龄在感情上同样是荒芜而饥渴的。他给朋友兼雇主的县令孙蕙所娶的小妾顾青霞写了许多诗词，未免关注过了头。他自拟为风流的杜牧之，在华筵上与她色授魂与，引起主人的嫉妒，显然是一厢情愿的自我涉入。他何尝不知道自己的身份之微、生计之蹙，理想自我与现实自我的落差之大？但他的缺只能通过文字来补。在现实生活中迈不过去的坎，在幻想世界里轻轻松松就迈过去了。《聊斋志异》清晰地反映了蒲松龄的心理防御和补偿机制是如何运作的。现实世界中，谁都知道没有这样的美女，没有这样的好事，他只好托梦于非现实的幻境，用一系列滋润的文本来灌溉他枯槁的人生，大写特写想象中的狐女鬼姬、花妖木魅，靠幻想过瘾。种种燕婉之私、狎昵之态，《画壁》里说得好："千幻并作，皆人心所自动耳。"

一说到《聊斋志异》，免不了拿《阅微草堂笔记》相对照。纪昀不满意《聊斋》，说是才子之笔，体例不纯，也就是虚构与非虚构相杂，而他自己的笔记却是张爱玲说的"纯粹记录见闻"，清一色非虚构作品。这位乾隆近臣、《四库全书》总纂修、官至内阁学士迁礼部尚书的纪文达公，明于文章辨体而陋于知人心，自家无聊才弄笔，却不懂穷秀才的空中语乃是苦闷的象征。不过也容易理解，有道是至人无梦，成功的人生不需要虚构。

（三）

纪昀认为《聊斋志异》不是六朝标准的"小说"，我说它也不是现代意义的"小说"。说《聊斋志异》是"世界短篇小说之王"，只怕是名实不副。现代小说叙述的是个人作为主体的行动以及行动的后果，由一系列社会关系摆布着自身的命运。命运固然脱离不了偶然因素，但从这些偶然中要精细地织进去社会纠葛的诸多线索。关键的是，主人公要有为，有戏剧性的冲突，有发展，不能只作为作者意念的牵丝傀儡。从这个意义上说，蒲松龄写的不是小说，而是传奇，或者叫罗曼司。传奇是迎合读者心理的定制，写那些"幽怪遇合、才情恍惚之事"，属于成人的童话与神话。它最明显的标志是大团圆的美满结局，在弗莱的传奇故事结构研究中，这常规性的美满结局，被现代人视为一种对低能的读者的让步。

《聊斋》所有的故事只有一个男主人公，就是那个书生。除了《娇娜》里的孔生使过一回剑，《连城》里的乔生割过一点肉，基本上，他在生活中什么都不能干，也什么都能不干，唯一的用途就是吟诗、读书、应考。像《红玉》中的冯相如，一切自有女主角去安排，他只管哭："生大哭"，"益悲"，"日夜哀思"，"泪潸潸堕"，"于无人处大哭失声"，"悲怛欲死，辗转空床，竟无生路"。这都是婴儿车里系围脖、含奶瓶的巨婴，由作者这个超级奶爸推着走。你读《聊斋》，读不到真正的冲突、挫败、救赎。都是些很快会化解的冲突、暂时的挫败。至于救赎，那些命运的宠儿有什么需要救赎的呢？他不仅不能自立，而且缺乏自省。他无须质疑生活的正当性，也从来不存在什么道德上的困境。《胡四姐》里的尚生，初见容华若仙的胡三姐，便"惊喜拥入，穷极狎昵"。三姐说到四姐颜值更高，"生益倾动，恨不一见颜色，长跽哀请"。于是三姐就领了四姐来，生拽住不放，二人"备尽欢好"。接下来又遇见一颇有风韵的少妇，两人欢洽异常，"灭烛登床，狎情荡甚"。蒲松龄把他心爱的男主角都惯成什么样子了！有作者替主人公的命运打通关，你根本用不着担心他开头的卑微，操心他中途的横逆，只管放心他最后的圆满：

因此，悲剧的不和谐开始寻求俗世的解决；男主人公，被命运折磨够了，终于赢得了他应得的奖赏，一桩堂皇的婚姻，一把天赐荣耀的令牌。形而上的慰藉被用机关降下的神取代了。

这是尼采《悲剧的诞生》里所挖苦的"希腊的乐天"。他鄙视这种"女人气的逃避严肃与恐怖事物，怯懦的自我满足于舒适的享受"的心理，刻薄它是一种"不举也不育"（impotent and unproductive）的生活乐趣。依我看，这更像是中国的乐天。王国维评论《红楼梦》时说："吾国人之精神，世间的也，乐天的也，故代表其精神之戏曲小说，无往而不着此乐天之色彩，始于悲者终于欢，始于离者终于合，始于困者终于亨；非是而欲餍阅者之心，难矣！"

但是，这种乐天精神怕是很难餍足现在的读者了。从19世纪起，伟大的小说就是写爱玛和安娜那种不作不死但必须作也必须死的狗血故事，伟大的作者一个个心狠手辣，千方百计让自己的人物把生活搞砸。毛姆在讲到《红与黑》时说："于连必须死。"司汤达不会以别的任何方式结尾，他有一种继续下去直到悲惨结局的冲动。"很显然，他不肯让于连获得成功，尽管于连实现了野心，身后还有玛蒂尔德和德·拉莫尔侯爵，司汤达依然不会让他赢得地位、权力和财产。"顾随说鲁迅的小说不但无温情，而且是冷酷："如《在酒楼上》，真是砍头扛枷，死不饶人，一凉到底。"《白光》里的落榜老童生，夜半产生幻觉要去发掘祖宅里的藏宝，哪里能让他掘到？这就是以嘲弄和震骇为目的的现代小说美学，人物总是被置于种种心理危机、道德危机中，永远是心想事不成。现实是乏味的，生活是别扭的，性格没治了，事情没救了，可善意的神关键时刻鬼影子都见不到。读完了，你整个人都不好了。

你要想好，请读《聊斋》。

末世的伦理学：从《蜀碧》到《黑洞》

　　读书是赏心乐事，但读某些书除外。如果你不想给自己幼小而脆弱的心找抽，就不要读古代的野史，尤其明代，特别晚明。周作人说历史是一门残酷的学问，大约就因为晚明的野史读多了。鲁迅在《病后杂谈》里说，"真也无怪有些慈悲心肠人不愿意看野史，听故事。有些事情，真也不像人世，要令人毛骨悚然，心里受伤，永不全愈的"。他是读了写张献忠祸蜀的《蜀碧》和《蜀龟鉴》之后讲这番话的。

　　《红楼梦》第二回冷子兴演说荣国府，说残忍乖僻的大恶人，秉天地之邪气，应劫而生，扰乱天下。然后他从秦始皇数到秦桧。曹雪芹不想暴露这书写的是清朝的事，才没有再往下数，再数就轮到朱洪武和张献忠了。从朱洪武，到张献忠，与明朝相始终的正是这股残忍乖僻的邪戾之气。十多年前北京古籍出版社出过一套"明代野史丛书"共十一种，我曾经读了其中大半，彭遵泗《蜀碧》、吴伟业《鹿樵纪闻》、边大绶《虎口余生记》等等，心里已经受伤，痊愈也无指望，可最近又读了李洁非的《黑洞：弘光纪事》与《野哭：弘光列传》，还有他发表在《名作欣赏》上的长文《辛巳、壬午开封之围》等，想到鲁迅说过，"历史上都写着中国的灵魂，指示着将来的命运"，就觉得中心不安，忍不住还是想说一说。

佛教讲因果，道教讲承负，有时候不由人不信。鲁迅感叹说，大明一朝，以剥皮始，以剥皮终，可谓始终不变。我想，正是因为有那个始，才有这个终。像崇祯帝十七年的无一时而不忧患，永历帝十六年的无一处而不颠沛，说到底都是为他们的先人埋单来着。屈大均《安龙逸史》上说，永历帝即位时，"特谕不立东厂，不选宫人。诸臣朝罢，喜相谓曰：凤准龙额，中兴主也。不立东厂，不选宫人，可谓善政之始"。经过了列祖列宗那么多的虐政和荒政，到了这步田地才想到要行善政，还真晓得亡羊补牢呢！而且，不立东厂，不选宫人，做的只是减法，居然能称善政，可见对明朝帝王的评价，大家的标准放得多低。

有明一朝，血腥气实在太重。而对于人的生命的贱视，正是由太祖和成祖开的头。吴梅村《鹿樵纪闻》载，李自成陷京师旋即称帝，周钟草登极诏曰："比尧舜而多武功，迈汤武而无惭德。"有人私语周钟："闯贼残杀太甚，恐怕难以成事。"周钟回答道："昔太祖初起亦然。"复社名士周钟是晓得朱家底细的，但他认为杀人多少与成事大小没有什么关系，这种犬儒主义者的口吻，恰好暴露了普遍的伦理堕落。

比如说，永历帝就是以这种犬儒的伦理行事的。他在桂、黔、滇的小朝廷，倚赖的对象是张献忠四个养子中的三个：平东王孙可望成了他的秦王，抚南王刘文秀成了蜀王，安西王李定国成了晋王，而他们可都是张献忠屠蜀的干将。彭遵泗《蜀碧》上说，张献忠据成都时，分兵四路，挨家挨户进行"草杀"："正月出，五月回，上功疏，可望一路杀男女若干万，文秀一路杀男女若干万，定国一路杀男女若干万……"孙可望最后降了清，被封了"义王"，历史上只留下骂名。李定国呢，因为替永历支撑残局到最后，结果黎东方写《细说清朝》还给他辟了专章，称他为"一代英雄"，真令人无语。

弘光帝则全无伦理，只剩犬儒了。永历所谓不选宫人，就是因为前面的弘光选得太多，太不是时候，造成了权力正当性的严重透支。一个临时拼凑起来的小朝廷，一个浑浑噩噩的阿斗，完全丧失了现实感，却整天选美选得不亦乐乎，弄得闾里骚然。而且，"宫室服用，百役丛作，皆援全盛之例，费无纪极"，直把南京作北京了。

相形之下，崇祯帝倒不算太失德。李自成登极诏上说"君非甚暗"，这应该是他自己的说法，却也是当时的公论。但崇祯的问题是永远的失策。黎东方在《细说明朝》的最后说，崇祯十六岁即位，三十三岁自杀，没有一天不是在内忧外患中过苦日子，有心做好事而无一事做得好，终至于身死国亡。李敖曾说，蒋介石"才具不足，对乱世无能为力，却拼命使劲"，这话用在崇祯身上也挺合适。

可是从郭沫若的《甲申三百年祭》起，崇祯便总揽了明末祸乱的罪责。十年前有人写《明亡三百六十年祭》，便沿用了这一看法，并且认为，"像崇祯这样的独裁者，反人民、反人道的本质至死都不会变"。我不认为如此。如果说崇祯反人民、反人道，那么李自成，特别是张献忠，只能叫作反人类了。《明史·李自成传》载李岩劝说李自成"请勿杀人，收天下心。自成从之，屠戮为减"。《蜀碧》说张献忠"初破武昌，有大志，不甚残杀"。一个从杀到不杀，一个从不杀到杀，关键在有没有"天下"之"志"。当天下还是朱姓的天下，崇祯的行事，乖戾有之，暴虐则未必。他不断地催征"辽饷"和"剿饷"，那是饮鸩止渴的不得已。郭沫若用《明季北略》的作者引用过却否定了的说法，认为崇祯敛财，以至于死后发现皇家府库中"旧有镇库金积年不用者三千七百万锭，锭皆五百两，镌有永乐字"。就算锭银都是五十两一个的元宝，也有十八亿余两，天下白银加起来也没有这么多，更何况永乐年间美洲的白银还没有大批量流入中国呢。

乱世之可怕，在人类基本伦理的彻底丧失。从皇帝到将帅直到百姓，充天塞地的戾气已经成了有明一朝的DNA。鲁迅说永乐帝的凶残远在张献忠之上；王士禛说左良玉杀掠甚于流贼；而周作人引述了很多明末士大夫流离中吃尽乱民苦头的事实，集中在甲申乙酉之际的江南。"吴民喜乱，冠履倒置"，动辄鼓噪抢攘；浙西"有富室狼跋而贫户草靡者，亦多有富室株守而贫户鸱张者"。在民粹主义眼里人民是天使，但人民这个笼子里飞出来的并不都是好鸟。道旁的哄抢者无法原谅，钉子户也不一定全都无辜。钱谦益说："劫末之后，怨怼相寻，拈草树为刀兵，指骨肉为仇敌，虫以二口自啮，鸟以两首相残。"这是无情的自私结合了无限的自由后弱肉强食的战争，人人对人人。不必等到张献忠把四川杀成白地，"榛榛莽莽，似天地之初"，明末的人心早已失序。

有人说，我们不应该将李自成、张献忠"这些走投无路被迫铤而走险的祖先妖魔化"。问题是，究竟是谁最先把他们"妖魔化"的呢？我读过一本《明末农民军名号考录》（王纲著，四川省社会科学院出版社1984年版），那些诨名，皆非善类，读了晚上会睡不着觉的："飞天夜叉""滚地狼""割鼻""剐刀总""长妖""倒坐虎""豹五""泼皮风"……这些可不是官方的恶谥，而是他们的"营中自号"，或者"江湖上人称"。他们是很得意于这样的称呼的。周氏兄弟一想到几百年前曾经有过这样的"祖先"，骨头缝里就透出了冷气。

十三行小字中央：朱彝尊的风怀诗案

（一）

2008年，北京泰和嘉成拍卖公司秋季拍卖会出示了一件编号为1284的藏品，"朱竹垞太史审定南宋拓本十三行"，底价三万五千元。最后成交了没有，成交价多少，我没去查，因为我感兴趣的并非这件拍卖品本身。

所谓"十三行"，是晋王献之所书曹植《洛神赋》，残帖仅存十三行，共二百五十字，故名。这十三行小字历代被认为是"小楷极则"，在书法史上地位极高。它有两个传本，晋麻笺本和唐硬黄纸本。唐硬黄纸本上有柳公权的两行题跋，被认为是他临写的本子。晋麻笺本北宋时入内府，徽宗曾刻石，拓赐近臣。靖康之后，这麻笺本及其刻石的下落，众说纷纭。龚自珍《重摹宋刻洛神赋九行跋尾》说：

天下知有《洛神赋》，言《洛神》称十三行，言十三行称两派：一柳派，一玉版派。柳派以唐荆川藏玄晏斋刻者第一，文氏本次之，玉版则雍正中浚西湖得之，入内府，拓本遍杭州，杭人言有蒿痕者善，鉴赏家言尽于此矣。靖康后不百载，金亡，元室不崇图书，无秘府。赵子昂仕元，知九行在北方，辗转迹北人获之，阅丧乱，卒藏宗匠之庭，岂非神物能自呵护，大照耀一世欤？

这段话，说《洛神赋》十三行分两派是不错的，其余的就不大靠得住了。从北方辗转找到九行的，都说是南宋权臣贾似道，而非赵孟頫。"玉版"又称"碧玉版"，为约一尺见方的水苍色河南石，现藏首都博物馆，其失而复得，不是清雍正年间疏浚西湖时从水里捞上来的，而是明万历年间在西湖葛岭上贾似道的半闲堂旧址从地下挖出来的。但这"碧玉版"究竟是贾似道所刻呢，还是宋徽宗原刻？麻笺本真迹已经零落到只剩十三行了，怎么还继续支离成九行和四行？而且，又有一说是宋高宗得到九行，米友仁题跋为真迹。但熊克的《中兴小记》，记宋高宗绍兴十三年（1143）九月丁巳，"上曰……朕得王献之《洛神赋》墨迹六行，置之几间，日阅十数过，觉于书有所得"。这一条资料似乎更可信，因为熊克做过孝宗的起居郎，精熟高宗一朝典故。然而麻笺不是竹简，这十三行却又生生给分成九行、六行、四行不等，实在匪夷所思。更何况"碧玉版"之外，还弄出了一个估计是翻刻的"白玉版"来，越发添乱了。

总之，王献之《洛神赋》十三行地位既高，身世又奇，其拓本自然珍秘十分。杨守敬曾经从天津古玩肆上购得一幅，视若拱璧，却被诗人陈三立看中，跪请相让，杨痛惜不已，自比李后主的"垂泪对宫娥"。龚自珍一想到自家的藏本二百年间四易其主，便格外宝重，打算劳烦篆刻家于铿也来刻那么一块石："抱孤本，担愿力。乞于铿，伐乐石。祈此石，寿千亿。见予石，勿妒毁。隔麻笺，一重尔。"

我们来看这件盖有"竹垞审定"朱文印的"南宋拓本"十三行拍卖品。其拖尾的跋文第一则，便是钱大昕女婿瞿中溶所录的竹垞跋语：

> 此玉版十三行有十二意外巧妙。袁仲长云幽深无际，古雅有余。其楷法纯是隶体，后人妍媚纤秀，去之日远矣。此本结构端严，精彩完美，定为南宋初拓手无疑矣。余得自济宁王氏，重付装池，因跋数语于后。金风亭长朱彝尊。

朱彝尊生于明崇祯二年（1629），卒于清康熙四十八年（1709），四十岁起自号竹垞，七十岁后又号金风亭长、小长芦钓鱼师，诗词均为大家，经学史学都有很高成就，又性嗜金石书画。十三行拓本既然如此难得，竹垞拂拭吹嘘一番，十分正常。

问题是，这《洛神赋》十三行事实上却有二十一行，上面也没有龚自珍说的"篙痕"（其实应该是原迹所在麻笺上的粗麻筋）。这是怎么回事呢？要给个正常的解释倒是不难。据道咸之际的收藏家蒋光煦说："十三行帖，潢者每多割裂，求整拓者已不多见。"也就是说，装潢者往往将拓片裁剪一番后重新拼接装裱，十三行就这样变成了二十一行。果然，目前所见的十三行拓本，既有整拓的，也有割裂成十八行的（无锡博物馆藏），或者割裂成二十六行的（上海博物馆藏）。这回也不过剪裱成二十一行而已。但既然是竹垞"重付装池"，就不会是装潢者的擅作主张，而是主人的想法吧。可是竹垞会这么想吗？如果他这么想，那就太不可思议了，原因我们后面慢慢会谈到。

细看这幅小字《洛神赋》，肥润多肉，与"碧玉版"十三行精拓对照，远逊其秀挺劲拔，明显感觉经过了翻刻，隔麻笺何止一重。难道竹垞没有别的拓本过眼，所以精鉴不了？更何况他题跋中转引元人袁仲长的八个字评语"幽深无际，古雅有余"，竟是袭用唐人张怀瓘《书断》里评钟繇的话："（元常）真书绝世，刚柔备焉，点画之间，多有异趣，可谓幽深无际，古雅有余，秦汉以来，一人而已。"再说，竹垞既然题跋于后，为何不见他的亲笔，却要百年后由别人转录？转录又录自何处？凡此种种，真是疑窦丛生。

（二）

对于朱彝尊来说，王献之《洛神赋》小字十三行具有极为特殊的情感价值，其中分明有他最深沉的一段恋情的密码，可谓中心藏之，何日忘之。

这故事说来话长，我还是从曹植的《洛神赋》说起。子建此赋写于黄初三年（222），他朝罢京师洛阳回封地鄄城，途中渡洛水，见洛水之神宓妃，于是两情相悦，却终因人神道殊而永绝。作者虚构了一场人神之恋，所恋的对象托为洛神，但自从初唐李善注《文选》以后，大家都认为其实是写甄氏，即曹丕的妃子，也就是曹植的嫂子，故《洛神赋》又名《感甄赋》。《文选》李善注引《记》曰：

> 魏东阿王，汉末求甄逸女，既不遂。太祖回与五官中郎将，植殊不平，昼思夜想，废寝与食。黄初中入朝，帝示植甄后玉镂金带枕，植见之，不觉泣。时已为郭后谗死。帝意亦寻悟，因令太子留宴饮，仍以枕赉植。植还，度轘辕，少许时，将息洛水上，思甄后，忽见女来，自云：我本托心君王，其心不遂。此枕是我在家时从嫁前与五官中郎将，今与君王。遂用荐枕席，欢情交集，岂常辞能具。……言讫，遂不复见所在。遣人献珠于王，王答以玉佩，悲喜不能自胜，遂作《感甄赋》。后明帝见之，改为《洛神赋》。

无论后世有多少学者为这场不伦之恋辩诬，说曹植如何不可能爱上自己的嫂子，诗人们却都当了真，宁愿相信这个凄美的传说。故元稹《代曲江老人百韵》云"班女恩移赵，思王赋感甄"，李商隐《无题》云"贾氏窥帘韩掾少，宓妃留枕魏王才"。郭沫若《论曹植》一文也拿它当真，认为魏晋时代的新人物对于男女关系看得不那么严重，而子建爱慕大自己十岁的美丽嫂子不会是无中生有——他说这话倒是有自己的亲身经验。再说，在《洛神赋》中，这是一场发乎情止乎礼、只开花不结果的爱情。王献之所书《洛神赋》残存的十三行，正是一篇之关节：

> （于是忽焉纵体，以遨以）嬉。左倚采旄，右荫桂旗。攘皓腕于神浒兮，采湍濑之玄芝。余情悦其淑美兮，心振荡而不怡。无良媒以接欢兮，托微波而通辞。愿诚素之先达兮，解玉佩以要之。嗟佳人之信修兮，羌习礼而明诗。抗琼珶以和予兮，指潜渊而为期。执眷眷之款实兮，惧斯灵之我欺。感交甫之弃言兮，怅犹豫而狐疑。收和颜以静志兮，申礼防以自持。于是洛灵感焉，徙倚彷徨，神光离合，乍阴乍阳。竦轻躯以鹤立，若将飞而未翔。践椒涂之郁烈，步蘅薄而流芳。超长吟以永慕兮，声哀厉而弥长。尔乃众灵杂遝，命俦啸侣，或戏清流，或翔神渚，或采明珠，或拾翠羽。从南湘之二妃，携汉滨之游女。叹匏瓜之无匹兮，咏牵牛之独处。扬轻袿之猗靡兮，翳修袖以延伫。体迅飞（凫，飘忽若神，凌波微步，罗袜生尘）。

当子建表达了爱慕，宓妃也做出应答之后，子建却疑惧起来，"收和颜而（《文选》作"而"，王献之写成"以"）静志兮，申礼防以自持"。这两句话，可以高度概括两汉魏晋一个系列诗赋的主题，不过我们且留待下回分解。

与曹植和甄氏的叔嫂恋性质相似，朱彝尊也有一段惊世骇俗

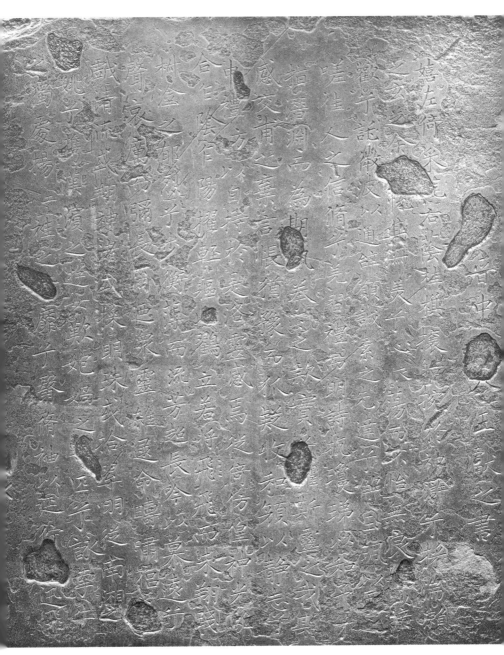

王献之《洛神赋》碧玉版十三行宋代刻石，现藏北京首都博物馆

朱竹垞太史審定南宋拓本十三行

而刻骨铭心的爱情，那便是与自己的妻妹。此即有清一代著名的"风怀诗案"。

浙江秀水（嘉兴）朱氏累世为诗礼传家的望族。朱彝尊曾祖朱国祚，万历十一年（1583）与汤显祖同科进士且擢为状元，官至户部尚书兼武英殿大学士。但君子之泽，五世而斩，至竹垞父辈已家道中落。竹垞自幼被过继给伯父，十七岁时入赘归安（今属湖州）教谕冯镇鼎家，妻为冯家长女，名福贞，字海媛，小竹垞两岁；三妹冯寿贞，字山嫦，小竹垞六岁。此时正值乙酉之变（1645），南明倾覆，江南兵连祸结，竹垞经常与妻族合家四处避难，所以与姨妹迹密情亲。寿贞渐长，慧而有色，安居时常得竹垞教习诗书，两人于是暗生情愫。寿贞十九岁时，嫁与吴中一土豪人家，夫婿伧俗，不免抑郁。竹垞与她互通款曲，至成幽媾，应在顺治十五年（1658）竹垞家居而寿贞归宁时。但竹垞贫窭如旧，生计无非坐馆入幕，所以近客山阴、永嘉，远游岭南、山西，两人离多而会少。康熙六年（1667），三十三岁的冯寿贞病逝，待竹垞自北地归来，见到的只是坟头的宿草。

这有悖于礼教伦常的爱情，本不可告人，但朱彝尊不仅在冯寿贞去世当年就情不可遏地写成一卷《静志居琴趣》，以一连八十三首词细叙两人情史之始末与曲折，两年后又惨淡经营了《风怀二百韵》这一史上最长的五言排律。这不免让卫道之士戟指，冬烘先生痛心。故竹垞晚年手订《曝书亭集》时，就有人劝其将《风怀》诗删去，如此才可望以三百卷《经义考》配享文庙。竹垞"欲删未忍，至绕几回旋，终夜不寐"，最后决然说：宁可不食孔庙两庑冷猪肉，也不删此诗。好一个不管不顾，敢作敢当！

（三）

那么，朱彝尊与姨妹这段恋情，与《洛神赋》十三行有什么要紧的关系呢？有关系，而且很要紧。1925年，《东方杂志》第二十二卷第十三期发表了姚大荣《风怀诗本事表微》一文，长达两万三千字，对涉及竹垞当日情事的方方面面做了一番极为细心的互证与丛考，"网罗无遗，推阐尽致"，为今人论风怀诗案者多所倚重。其中说道：

> 竹垞以"静志"颜所居，则实由彼妹之故。"静志"二字始见《洛神赋》，竹垞用此二字，非泛泛由曹子建赋中拈出，乃系自彼妹摹写王子敬残帖中拈出。《静志居琴趣》《洞仙歌》第十四阕有"十三行小字，写与临摹，几日看来便无别"之句，此为竹垞诗词迭用洛神十三行缘起。而《两同心》词尾有"洛神赋小字中央，只有侬知"二句，又为竹垞取"静志"二字自颜所居缘起。《洛神赋》"收和颜而静志兮，申礼防以自持"二句，为全篇之骨，言敛容洗心，发乎情，止乎礼义也。十三行残帖，则自"嬉，左倚采旄"起，至"体迅飞"止，共十三行。此二句正在第七行，居前后各六行之中，故云"中央"。盖彼妹未嫁时，虽踪迹不疏，而守礼谨严，避竹垞唯恐不及；至嫁后，所适非耦，时往来母家，自禾中至吴门，均由冯孺人同身伴送，因习与竹垞

接近，而彼此恋爱之情遂生。观《两同心》词"比肩纵得相随，梦雨难期"云云可证也。然两心虽同，而防检难越。彼姝微窥竹垞之意甚切，恐涉造次，致犯非礼。（自己丑以还，竹垞屡欲犯之，均以善避获免。）难于措辞，故借临帖就正为由，特缩小第七行中此二句之字以示意，令会心人自领，欲其止乎礼义也，故竹垞特表之，以答其意。不然，洛神帖本系小字，何待明言？人尽皆知，竹垞何为自诩曰"只有侬知"乎？

"十三行小字，写与临摹，几日看来便无别"，可见当日竹垞教寿贞学书，曾经亲自仿写王献之此帖给她，而她也聪颖过人，临摹起来不多时候便已逼肖了。闺中学书，多习小字，首先是方便写信，所以《洞仙歌》第十二阕有"薄命果生成，小字亲题，认点点、泪痕犹渑"，《风入松》有"簪花小字箧中看，别思回环"。

的确，竹垞诗词"迭用洛神十三行"，除了《风怀二百韵》中的"镜水明于镜，湘湖曲似湘。加餐稠叠语，浓墨十三行"与姚文拈出的两例，还有《静志居琴趣》中的《好事近》：

> 往事记山阴，风雪镜湖残腊。燕尾香绒小字，十三行封答。中央四角百回看，三岁袖中纳。一自凌波去后，怅神光难合。

此词记双方两地相思。顺治十七年（1660）前后竹垞客居绍兴，虽与寿贞情浓意洽，却不得不远离。《风怀》诗中"加餐稠叠语"是用《古诗十九首》的"弃捐勿复道，努力加餐饭"，可见女方之关心体贴而叮咛不已，一如词中"三岁袖中纳"是用《古诗十九首》的"置书怀袖中，三年字不灭"，亦见男方之珍重爱惜而铭感不忘。"一自凌波去后，怅神光难合"，则用《洛神赋》成辞"凌波微步，罗袜生尘""神光离合，乍阴乍阳"。"难合"不甚可解，我疑心应作"离合"。"神光离合"是指光彩摇漾，而非从字面上理解的"聚散"的意思。"難合""離合"，或以形近而致误。有的引文作"难舍"，更是不对了。简体"舍"固然与"合"容易混淆，但繁体当作"捨"，且属上声"二十一马"，与此词所用入声"十五合"不叶韵。"腊""答""纳""合"，四个入声韵，音短节促，情急调苦。在《静志居琴趣》八十三首风光旖旎的词中，这一首最是遒劲而悲怆。

但是，细辨起来，这里的"十三行封答"，固然脱胎于王献之《洛神赋》残帖，却是指恋人手书的"燕尾香缄小字"。寿贞从竹垞学书，既然由王献之此帖入手，其手制信笺，也依十三之数分行。姚大荣注意到竹垞诗词中常常谈到笺样。《风怀》开头就有"弱絮吟偏敏，蛮笺擘最强"，其《戏效香奁体诗》也有"聪明笺样改"之句，所以姚氏推测，"必是彼姝制笺，每幅改为十三行，亦如《洛神赋》残帖之数，宜于小字，故竹垞每称许之"。制笺是慧心巧手的风雅之事，唐薛涛所制"十样变笺"就是最为人乐道的私人定制。明人雅善制笺，晚明尤盛，清初应尚存流风余韵吧。寿贞亲制"簪花"的"芳笺"送给情人（"怪十样、蛮笺旧曾贻"），其手札自然也写在这样的十三行笺纸上，难怪竹垞要"中央四角百回看”。一般人看信只看“中央”的文字内容，他却还要看信笺边框“四角”的花叶纹饰。对于朱彝尊来说，有关于王献之《洛神赋》残帖的一系列文字、笔画、数字，无不漏泄着春情，牵惹着绮思，颠倒着梦想：十三行，小字，中央。

（四）

我们看回那件“朱竹垞太史审定南宋拓本十三行”的拍卖品。《风怀二百韵》最后一句是“感甄遗故物，怕见合欢床”。《洛神赋》十三行残帖拓本，对他来说也算得上是“故物”，足以起“感甄”之情吧？可让人纳闷的是，为什么竹垞“重付装池”，却给剪裱成了二十一行？这个数字不对呀！难道他已经忘记了与情人当年共享的那个密码数字了吗？

姚大荣说，作为《洛神赋》全篇之骨的“收和颜以静志兮，申礼防以自持”两句，正在十三行的第七行，居前后各六行之中，所以说是“中央”。妙的是，这十三行不管是重新剪裱成多少行，十八行也好，二十六行也好，这两句始终都在中央的位置上。而我们中国人都知道，凡中央都有个核心。所有的十三行拓本，中央始终是这两句话，核心更是“静志”这两个字。

“静志”一词，虽从《洛神赋》来，其实承续了一个历史悠久的同义词谱系。从宋玉《神女赋》起，张衡的《定情赋》、蔡邕的《静情赋》、陈琳和阮瑀的《止欲赋》、王粲的《闲邪赋》、应场的《正情赋》，以及曹植自己的《静思赋》，直到最后一个经典文本即陶渊明的《闲情赋》，都用了同一个套路，写了同一个主题：先铺陈女色之丽，一见惊心；然后写情好之笃，两相慕悦；最后则格于礼教，收心返正，却以无穷的怅恨结束。"静"如"止""正""定""闲"——钱锺书曰：此"闲"即"防闲"之"闲"，非"闲居"之"闲"——都是及物动词。所谓"静志"，就是平息冲动、控制欲望、镇定心志，与社会也与自己最终达成和解。

朱彝尊的爱情故事最初也是照《洛神赋》排演的。寿贞渐渐出落得丰姿绰约，竹垞"悦其淑美"，不免想入非非了。《朝中措》有"赢得渡头人说，秋娘合配冬郎"，《洞仙歌》第十一阙有"得个五湖船，雉妇渔师，算随处，可称乡里"——想做《红楼梦》四十五回里黛玉说漏嘴的"渔婆""渔翁"一对儿。加上几度举家逃难，救死不暇，避嫌无地，更有了许多在一起的机会。寿贞对竹垞也有好感以至爱意。但是，两人之间横亘着不可逾越的伦理和纲常的界限，面对竹垞的情挑，她只有婉拒。而临习《洛神赋》十三行的她，借其中"收和颜以静志兮，申礼防以自持"两句心照不宣地来明志表态，"将以抑流宕之邪心"。阮瑀《止欲赋》所谓"禀纯洁之明节，后申礼以自防"，曹植《愍志赋》所谓"欲轻飞而从之，迫礼防之我居"，都一以贯之地沿袭着那个系列文本的相同主题，女主人温雅而贞刚的形象也具有家族相似，而她们都滥觞于宋玉所赋的神女："薄怒自持，不可犯干"，"迁延引身，不可亲附"。竹垞无隙可乘，只好无奈地叹息说："有时还邂逅，何苦太周防！"他自己也在天人交战中，当然懂她的意思。"静志"

二字，从此烙印在竹垞的生命里了。他日后用来命名自己的居室、词集、诗话，无不是这段旧情的记录与纪念。

然而，两人终不曾做到《洛神赋》的发乎情而止乎礼。毕竟用情太深，所以到底还是犯了禁，越了界。究其原委，姚大荣认为是寿贞日后遇人不淑，"怀抱湮郁，久而横决"。这"湮郁"看来还不光是精神上的。杨联陞1957年2月在给Arthur Waley的一封信中说："朱彝尊的妻妹虽然结婚了一段时间，但被测知还是处女。"（《莲生书简》）根据是《风怀二百韵》里的"梅阴虽结子，瓜字尚含瓤"和《静志居琴趣》里的"走近合欢床上坐，谁料香衔红萼"，估计都是指初夜落红。杨联陞说，这个意外的发现，可能增加了朱彝尊对她的爱以及对自己信念的坚持。但这毕竟是不伦的私情，不能见光，只好人前百般掩饰，人后一晌贪欢。其密约幽期、暗尘潜蹑的紧张、委屈、苦，俱见于"生香真色，得未曾有"的《静志居琴趣》，但最令人动容的表现，却是收在《江湖载酒集》里的一首《桂殿秋》：

> 思往事，渡江干，青蛾低映越山看。　共眠一舸听秋雨，小簟轻衾各自寒。

这首二十七个字的小词，后人评价极高。况周颐《蕙风词话》说："或问国初词人，当以谁氏为冠？再三审度，举金风亭长对。问佳构奚若？举《捣练子》云云。"他指的就是这首《桂殿秋》（《捣练子》与之形式全同而平仄稍异，遂有误记）。只是不像《静志居琴趣》是有计划有步骤地一首一首填出来的刻意为文，《桂殿秋》一准是旧情忽地兜上心头，不能自已，遂一挥而就。"思往事"三字，便是感情达到了临界点时的决堤而出，思绪一下子勾到了往昔。"渡江干"指当年乘船避难的情景。《静志居琴趣》中，竹垞反复写到"一面船窗相并倚""云母船窗同载""寒威不到小蓬窗，渐坐近越罗裙衩"。只有同船共渡、比肩并坐时，才可能出现这个"青蛾低映越山看"的叠加镜像。情人的黛眉与窗外的青山相映，写山即写人，写人即写山。"越山"旧指钱塘江南岸的山，但嘉兴自古为吴越分界，似也可泛称其南部青山。"舸"是大一些的船，可以容纳较多人，他妻子的一大家子应该都在。"共眠一舸听秋雨，小簟轻衾各自寒。"两人形格势禁，各睡各铺，各自寒也各自知。小小的竹席，薄薄的衾被，淅淅沥沥的秋雨，他能从自身的寒冷感受到她此刻身上的凉意，而她也一样。

我们看多了炽烈奔放的浪漫爱情诗，突然面对这样一种久违了的冷，一种令人揪心的节制，像烧红的铁一下子淬在水中。诗人最饱满的感情表露，偏从其感情不能表露中写出。在这典型的戏剧性情境中，人际的相隔与人心的相通并置一处，形成高度的张力，且渗透着切肤的身体感。情感的波澜受阻于刚性的禁律，只能暗流潜行于柔软的内心深处。叶嘉莹特地杜撰了一个词，"弱德之美"（The Beauty of Passive Virtue），来形容此词的情感特质，杜撰得真好。她的学生方秀洁在《刻写情欲——朱彝尊之〈静志居琴趣〉》一文中说：

这是朱词中最常被收入词选的一首，其动人之处正是在于这种亲昵与疏远，外部的平静与内心的渴望之间所产生的相互作用和张力。虽然可以把它解释为个人经历的记录，但它更完美地表现了正统词风的优雅和蕴藉以及最终的爱情和欲望的不满足所带来的情感上的惆怅。这都使得这首词成为同类词中的典范。

什么叫"收和颜而静志兮，申礼防以自持"？这首《桂殿秋》是最好的演绎。"温柔敦厚""思无邪"的诗教精义在此，"正统"与"典范"的美学价值也在此。我们忽然明白了，《风怀二百韵》里那从头到尾两百个对偶中穿插的无数僻典，一韵到底而绝不重复的两百个韵脚里不时出现的许多奇字，形成了两道长长的堤岸，约束并导引着诗情平稳甚至单调地向前发展，仿佛诗人不是为了表现，而是为了遮掩。这倒应和了T.S.艾略特给出的那条金科玉律：诗不是放纵情感，而是逃避情感。

（五）

朱彝尊与其姨妹的这段恋情，世人或艳称其风流韵事，或痛砭为人格污点，皆属皮相。庄子曰，"泉涸，鱼相与处于陆，相呴以湿，相濡以沫"，庶几能够反映他们二人的关系之实质，能够说明这位情人与这段情事何以对竹垞如此重要。想当初他孤寒一身，入赘冯家，仰事俯畜，一无所能，且不习举子业，功名已然无分，除了饱读万卷，将自己读成一个高度近视眼。姨妹不嫌不弃，无惧无悔，而以身相许，非唯情深似海，亦且恩重如山。当她死后，竹垞用了二百韵长诗，上百阙小词，将两人二十年间的情事做了浓墨重彩的全记录，"盖酬知己之深，不禁长言之也"，其风怀固然可慕，而风义尤为可感。冒广生《风怀诗案》说得好：

> 书生受恩，粉身图报，至报无可报之日，乃思托之文字，以志吾过，且传其人。虽堕马腹中入泥犁地狱，方且不顾，何暇顾悠悠之口耶。

值得欣慰的是，朱彝尊死后大概并没有入泥犁地狱，反倒是侧身进了文庙，至少我看见他进去过一次。数年前在台湾宜兰，我谒拜当地的孔庙，大成殿左侧东庑供奉着儒门先贤的牌位，从董仲舒、郑康成起凡百十数，就中我居然看到了朱彝尊的名字，当即替他高兴了一回。不过转念一想，如今都什么时代了，配享文庙算哪门子了不得的事呢？何况冷猪肉也早就没得吃了。

附逆者的逆耳忠言

——读《花随人圣庵摭忆》

（一）

"卿本佳人，奈何作贼？"当黄秋岳（濬）因汉奸罪伏法十年后，陈寅恪感而赋诗："世乱佳人还作贼，劫终残帙幸余灰。""残帙"就是指这部《花随人圣庵摭忆》，陈寅恪诗后小注说："今日取其书观之，则援引广博，论断精确，近来谈清代掌故诸著作中，实称上品，未可以人废言。""作贼"是指黄秋岳抗战初通敌一事。七七事变后二十天，蒋介石在南京主持最高国防会议，决定在江阴段沉船以封锁长江航道，一举可将南京、汉口、重庆等日租界的三千日军及三万日侨扣为人质，使战局为之改观。但机密泄露，日人尽乘七十多艘舰船顺江东下，逃之夭夭。蒋介石震怒之下，严令彻查。担任行政院主任秘书的黄濬嫌疑最大，遂以叛国罪与其子一起被公开处决。

这事引起文化界许多人的惊愕、愤慨与惋惜。夏承焘《天风阁学词日记》1937年8月28日载："黄秋岳、黄晟父子与其他汉奸共十八人，以二十六晨枪决。午后翻石遗室续诗话，读黄各诗，诚极工，此人可惜可恨。"可惜可恨"四字，道尽时人复杂心理。钱锺书1943年有诗咏此，也是恨惜交加："失足真遗千古恨，低头应愧九原逢。能高踪迹常嫌近，性毒文章不掩工。"

黄秋岳的才之高，学之富，与文章之工，世所公认。他生于1891年，十四岁入京师大学堂就读译学馆，民初留学日本早稻田大学，以才名受知于政界诗坛艺林一众大老如严复、梁启超、林纾、陈三立、傅增湘、杨度、陈师曾、梅兰芳、张大千、徐志摩等。他是陈石遗（衍）最得意的两个弟子之一（另一个是梁众异，后来做了更大的汉奸），《石遗室诗话》里，黄秋岳是最常见的名字。卷十八中石遗《次韵酬秋岳句》激赏道："少年横秋得老气，新学余闲温旧诗。"

写旧诗的人好像比较容易当汉奸。难怪1942年闻一多曾公开说："在今天抗日战争时期，谁还热心提倡写旧诗，他就是准备做汉奸！汪精卫、郑孝胥、黄秋岳，哪一个不是写旧诗的赫赫名家？"当然，写旧诗的人并不必定当汉奸，闻一多自己就曾"勒马回缰作旧诗"。但有附逆嫌疑的新诗人只有路易士（纪弦），而且名气不大。可能与新文学本身是参与国族建构的一个有机部分有关吧，而旧文学总是拖带着逊清的落日余晖，故《围城》里的董斜川，英年洋派写旧诗，"口气活像遗少"。黄秋岳的横秋老气，似是旧诗人的胎里病。

钱锺书与黄秋岳至少有过一面之缘。1935年5月10日，陈石遗八十大寿，在苏州胭脂桥大摆寿酒，章太炎、黄秋岳、冒鹤亭、龙榆生等名流赴宴祝寿，二十五岁的钱锺书也登堂拜寿，自应叨陪末座。"低头应愧九原逢"这一句其实有点岔开了，说的是当年石遗老人到处逢人说项斯，如今这爱徒若与恩师泉下重逢，当愧不能对。"能高踪迹常嫌近"，钱氏自注用朱子《答巩仲至书》论陆放翁语，《宋史·陆游传》采入："朱熹尝言其能太高、迹太近，恐为有力者所牵挽，不得全其晚节。盖有先见之明焉。"

钱锺书记陈石遗谈话录的《石语》，一开头就见陈对钱说："余弟子黄秋岳，骈文集有清一代之大成，而散文不能成语。"此散文不是说《掫忆》类笔记文，而是指与"选学妖孽"并举的"桐城谬种"式的古文吧。《掫忆》1934年起在《中央时事周报》上连载，作者于卷首弁言中自承"文书鞅掌，学殖就荒"，前四字实话实说，说自己任行政院秘书职事纷繁，后四字就纯属自谦了。《掫忆》中何止"谈故事，说诗文词，记游览，咸纳为一"，近代中国之政治经济、军事外交、山水名胜、世相风俗，作者博学洽闻，遂综核其事，掫拾其文，汇成这六十余万言的洋洋大观。

（二）

我读此书，尤为其中随处流露的深沉的历史文化之思所触动。六十年来，大跃进大炼钢铁，"文革"破四旧立四新，改革开放又摧枯拉朽荡平无数老城，社会上也似有无名戾气充塞人心。读《掫忆》如九条"国人不爱惜古建筑"，三九条"历史上之创置与摧残"，三四条"盛唐之治与衰世反思"，二三六条"明清京师十库"等，想到八十年前黄氏已然一一指摘弊病，真令人掩卷长叹。

作者痛陈如下事实：中华虽然号为文明古国，大地上的物质留存其实不多。改朝换代那么多次，六大古都中只有北京尚存完好的宫殿。"泱泱大邦，重基杰构，所留遗后世者，大抵皆为荒烟蔓草，此非为铲除封建思想，直以自曝吾族破坏力之特伟。""以吾国民性破坏逾于建设之史例观之，此两千年间，吾民自造之菁英而复自隳之，陵夷至今，又岂偶然耶！"国人不自反思，要么大而化之地归因于沧海桑田的自然律，"舞榭歌台，风流总被、雨打风吹去"，要么诿过于夷狄交侵，把账算到别人头上。"然夷考旧史，入寇中国之异族，破隳焚掠极酷者，实不甚多。若拓跋魏，若辽、金，以及满清，皆有所建设。蒙古虽甚暴，而其后亦多创置。"《撝忆》补篇八条"圆明园被焚之记载"引据多种材料，证明焚掠圆明园的祸首非英法联军，而是海淀一带的穷困旗人。作者论"历史上之创置与摧残"，结论是：

> 余则谓残毁文化最力者，实为国中盗贼。……故国之不强，文化之不振，未可概罪于异族也。而其大原，在于民之失学，与不得其养。烧山伐木，日斫其材实，造成饥旱盗贼，相率俱尽矣。虽曰盗贼亦是人民，但其摽掠之狂既煽，则当以病态论，不可不勇于治疗也。

日前读到高尔基在十月革命后所写的《论俄国农民》一文，他痛砭俄国农民之愚昧与残酷，言辞犀利绝伦，说他们只想吃得多而做得少，不记得别人所行的善，也不记得自己所做的恶。只有无产阶级的文学教父才敢说这样的话，因为俄国农民早已成为民粹派崇拜的图腾，"到人民中去"对他们来说等于朝圣，但却糊弄不了底层来的高尔基，他指斥"人民崇拜者们的文学服务于政治鼓动的目的，所以把庄稼汉理想化了"。如果不因人废言，黄秋岳"盗贼亦是人民""吾族破坏力特伟"的直言，实在是值得我们民族和人民反思的逆耳忠言了：

> 横观数千年间，祖宗虽丰于创造，子孙尤勇于破除，唐以后，外族虽暴，犹有经营，吾族乃并长驾远驭之规模亦无之。四海愈困穷，愈怨嗟，相斫相倾轧，盗贼不除，建置愈趋苟简。此诚今后所痛自缮治而先事革心之急务也。

通览《撝忆》，作者对中国人劣根性的批判随处可见，如一二条论民间盗墓成风，三二条论士大夫迷信，五一条论毁坏偷卖古物，一九二条论公物私用恶习，二一〇条论店家不尊重知识产权的无序竞争，二四八条论风景名胜到此一游的涂鸦敝俗，"使民族自暴其短，贻外人笑"。直到今天，这些陋习又改了多少？所以作者一再哀叹"民久失学"，"吾民泰半失学"，"吾国教育未普及"。

黄秋岳蒿目时艰，痛感中国的根本问题，在于教育事业之不振，与文化生态之恶化。一三二条引严复回忆甲午之前，总税务司英人赫德跟他闲聊说，"海军之于人国，犹树之有花，必其根干支条坚实繁茂，而与风日水土有相得之宜，而后花见焉，由花而实，树之年寿亦以弥长。今之贵国海军，其不满吾子之意者众矣，然必当于根本求之，徒苟于海军，未见其益也"。黄秋岳叹服其言深切著明，"盖国家一切根本，自在政治、教育"，其他皆为余事。揆诸百年史实，洋务运动、戊戌变法、五四新文化运动，正是沿波讨源式的不断改革，从军事、经济、政治，直到教育、文化，其实就是从花果、枝干，直到根本。作者凡所议论，往往直探本源，着眼点都在教育与文化。

一部《摭忆》，旧学邃密，而新知深沉。如八五条"国人摧残林木无度"，等于一篇中国生态问题的简论。他说：

> 今日国势陵夷至此，林木摧剥，殆为一因。盖我国形势，以西北为始基，而今日西北以开辟甚早，林木斩伐已尽，山原裸露，林木干燥，平日减少蒸发水量，雨季则易成水灾，页岩剥夺，表土过薄，不宜于种植，并不宜于居住，灾荒稠叠，国力以颓，此实彰明较著之事实也。

作者引述西人的研究和古人的记录，例举山陕境内和松漠之间郁郁苍苍的森林之消失，证明国人出于生计或贪欲而上下交征伐，导致林木资源穷尽，国中到处是童山硗土，令人怵目惊心。我取汪荣祖《明清史丛说》中的《明清帝国的生态危机》一文对读，其中论"森林面积锐减及其后果"，资料更为详实。而且汪氏同样论到山陕和松漠两处，也特别提到秦岭，说秦岭明清之前老林犹多，清道光至光绪年间人民入山垦荒，数千年积藏遂为之一空。黄秋岳《撝忆》说秦岭东南西三面既无森林，连散生树木也复不见，如人之剃发者然！"水无涓滴不为用，山到崔嵬犹力耕。"明清以来人口增速的压力巨大，加上人民的环境保护意识薄弱，导致环境的恶化越发不可控。很多人看见百年前的老照片辄生怀旧之情，我见到许多二三十年代西湖旧影，葛岭宝石山竟然是濯濯童山，为之骇异久之。20世纪中期是全国森林覆盖率的最低点，即8.19%。而据第八次全国森林资源清查结果显示，这个数字2013年回升到了21.63%。预计十年后将恢复到清朝初年的水平，大约是26%。这是拜赐于工业时代大量使用煤、油、钢、水泥和塑料的替代作用，但另一个衍生的问题却是弥天的雾霾。

我从来没有在一部旧笔记中发现如此多的现实话题，且产生如此大的共鸣。如三四条，"夫立国之术，要在平均敷设，不限于方隅"，已涉及区域发展不平衡带来的问题。二九九条"陶云汀《蜀辐日记》"更申论之：

> 吾国幅员殊广，人口蕃庶，而国力与人民一切成绩，不能与国度比例相称，此自由于频年多难，凡百耗失，譬如久病贫血，断不能某器官独增能率也。然细究施政之理，当以平均发达为第一义。今……省之与县，县之与乡，濒江海之与内地，其荣悴菀枯状态，相去动逾百十年所。于此一切待遇建设，不力求其平均，则畸偏之为祸，不止文化体力之骎落已矣。

想想中国城乡与东西部发展的巨大差距，看看北京天津之外的环京津贫困带，广州深圳之上的粤北山区，一会儿是欧洲，一会儿是非洲，你怎能不叹服黄秋岳的睿见卓识、远虑深忧？

（三）

石遗老人赞弟子"少年横秋得老气"，我读《漚忆》，也深感作者持论之老成与精切，看问题既平实又通脱。他认定立国之本在于政治，为政之道在于廉公。司政之人，不贪不骄，各守其分，各展其才，从长计议，据实安排，万不可急功近利，粗枝大叶，须知"一动念一画策之微，其终也可使若干民族受其永久之祸福"（二九六条）。他是标准的改良主义者，崇尚"一步步做起，一滴滴改去"。他认定良政与瘢政的区别，在于"严于律大官而宽于恤小民"还是反过来。一八五条谓"政治之精意，即在养活细民四字"，可见黄秋岳论政乃首重民生，他是将民之"不得其养"与"失学"相提并论的（孔子论治民之术，亦不外乎"养民"与"教民"二事）。因此，黄秋岳非常关注庶民生活的细节，一四〇条"今昔物价"甚至钩稽了元代以来物价的贵贱与币值的涨落。举凡纸笔制法、盆景溯源、宜兴砂壶、北京饮馔，乃至钟表、睡衣、椅子、蒜、饼、龙眼、荔枝，《漚忆》中都有所考录。又常有旧时风俗的记载，光是各地的元宵灯会就有好几条。他认为往昔灯会的功用，一如今天的美术展览，随世而盛衰，衰时人民将无美可审，无乐可娱。作者生逢末世，寄慨遥深："非旧俗之可思，实承平之不易也。"

今岁又逢甲午，所以我格外留意《撝忆》中有关中日甲午之役各条。黄秋岳认为，甲午之败原因甚多，"唯就甲午年各方情势论之，我国政局中朋党相角牴，首促成之者，自为翁、李之隙"。所以，他对李鸿章为当日舆论所裹挟、对日不堪战而战无法释怀，一六七条"陈三立甲午请诛李鸿章"，指出李之罪责"不在于不当和而和，而在于不当战而战"。他更痛恨翁同龢因曾国藩、李鸿章咸丰末年参劾其兄翁同书而公报私仇，执掌户部居然十五年不给北洋添置一船一炮，却孟浪主战，战又不期其胜，以国家为孤注，快一己之恩仇。作者在另一处说过："尝谓吾国所以不能强盛，不能与现代国家絜较，即坐名为士大夫，实际无识挟私者居其八九，轻于诃骂攘夺之故。此劣性不革，国终恐无以活也。"（一八四条"曾国藩忍气吞声"）

于是又回到国民劣根性的问题上来。黄秋岳最不要看的，是奢谈爱国、轻议用兵的书生意气，"往往看不清事实与理论之差别，道德与科学之分野"，各是其是，各非其非，袖手高论，攘臂疾呼，成事不足，败事有余。其一二八条"郭嵩焘使英前后致沈葆桢书"云：

> 夫自尊固是健德，爱国亦属人情，而彼时号为士大夫者，务为虚憍，横生议论，不一考求事理，专事攻掊异己。日夜詈仇诸外夷，若不共戴天，孰与往来，即诬为汉奸，而于反躬自惩之道，始终不措意。愈陵夷，愈衰弱，愈糊涂，愈失败。

彼时有"误国忠臣"之说，今日又有"爱国贼"之名，适成对照。时移世易两甲子，东海南海，左派右派，微博微信，喊打喊杀，黄秋岳这番话，仍不失为我们时代的警世恒言。

但是，黄秋岳当日"为山川惜"，看国中不惟山无林木，亦且人无节操，不禁感慨："孰知林木与名节，今日皆为难觏乎？"偏偏他最后失节做了汉奸。我今天读《花随人圣庵摭忆》，从头到尾，为斯人叹。

文心提气骨，花光艳红绮：
潘天寿倪元璐诗学因缘

王翼奇《绿痕庐诗话》云："潘天寿先生以画名家，然所作近体律绝皆本色当行，不愧诗人之诗。"潘天寿其诗与画"异迹而同趣"，论者已多有阐说。在此我不打算作一泛论，而想具体讨论一下潘天寿的诗与明末倪元璐（鸿宝）的关系问题。题目中的两句诗，前一句出自倪元璐诗《读徐九一疏草》二首之二，后一句出自潘天寿诗《题青绿山水》。两句作对，不甚工稳，无非想截搭个题目，起个头。

1963年，潘天寿自编《诗存》，请八十二岁高龄的张宗祥先生撰序。海宁张宗祥（1882—1965），字阆声，清末举人，民初京师图书馆馆长，"文革"前任浙江图书馆馆长与西泠印社第三任社长，是文史通儒、书画大家，而尤精鉴赏。其序曰：

其古诗全似昌黎、玉川，其近体又参以倪鸿宝之笔。倪氏以文章经济名，其余技诗书画皆精，而又大节凛然，予深慕之，为辑全集。而明清诸刊本皆有文无诗。后得诗集，又为采墨迹、地方志补数章，集乃大备。倪诗棱峭险拔，意出人表，予极爱之。今读此集，何其相似之甚也。潘子以画名世界，琢一章曰："一味霸悍"，其志之所在可知，宜其诗棱峭横肆如此也，喜有素心相同之友，为拉杂序之。

潘天寿曾自叙学诗历程："我最早喜欢李白、李贺的诗。李白的诗才气横溢，如长江大河一泻千里，好像是三神山中的神人，真是缥缈无边，难以形容。李贺的诗则僻涩幽怪，至险绝中不离乎人情。后来，我渐渐觉得二李的诗非有特具的才情学养是学习不到的。因而转到杜、韩一路。虽然如此，我仍觉自己的才情功力太浅，而近时却又转到两宋了。"（《潘天寿论画笔录》）从李白、李贺，到陈简斋、杨诚斋，加上杜甫、韩愈，还有连带着的卢仝，是不是就可以勾勒出潘天寿诗所受影响的全貌呢？其实还应该加上黄仲则、龚自珍和倪元璐。以张宗祥先生对潘天寿的了解，他指出其诗与倪元璐的相似，恐怕不是袁行霈《潘天寿诗集注》序中所推测的"阆声先生特标出鸿宝，乃有追溯乡邦诗统之意耶"那么简单吧？我认为，不仅在精神上，而且在文字上，潘天寿与倪元璐都有很深的联系。

1940年春，潘天寿任教于昆明滇池边的国立艺专，写了一首长篇五古《庚辰暮春梦入家祠，见倪鸿宝墨迹，喜甚，醒后即记以诗》，主体部分如下：

蛎壁高巍峨，卷轴垂绢素。大草腾龙蛇，簪花妙格度。草草附稿件，勾添不解句。一联寻丈余，涂抹亦增注。古韵出金石，隽逸迥天趣。一波一磔间，坚如生铁铸。中有额方方，画栋悬辉煌。照眼是何字，骈列大与堂。力可拔千山，气可吞银潢。惊喜无所似，高呼类楚狂。此是谁家书，有明倪上虞。抗疏击异党，不惮多佞谀。要典毁三朝，制实复制虚。刚正侔元化，生死外身躯。剑器书法通，画法宁殊途。有时貌作山，仙海浮方壶。有时顽为石，余剩女娲炉。细竹侣长松，清冷秋萧疏。上虞诗亦虎，画以诗为主。平淡出层奇，云林一门户。我本百不能，也读十石鼓。泰山与琅琊，百汉以为辅。闯入武梁祠，鸦涂墨寒雨。曾像孔子车，曾仪尧舜禹。未能获皮毛，岂仅远输古。徒以不下人，倔强撑一肚。安得上广寒，乞借吴刚斧。

倪元璐（1593—1644），号鸿宝，浙江上虞人，天启二年（1622）与黄道周、王铎同年进士，历官翰林院编修、侍讲，南京国子监司业、祭酒，兵部右侍郎，户部尚书。他是明末有名的忠臣，潘天寿此诗概括了其主要事迹——"抗疏击异党，不惮多佞谀"，指崇祯元年，倪元璐一再上疏，排击魏忠贤遗党杨维垣，颂东林而伸正气，致使清议渐明，好人进用。"要典毁三朝，制实复制虚"，指倪元璐为翰林院侍讲，请毁《三朝要典》，以其为魏氏之私书。崇祯帝命礼部会词臣详议，遂焚其板。忠贤党徒大哭，而天下笑。为南京司业，又上制实与制虚各八策。"刚正侔元化，生死外身躯"，指崇祯十五年（1642）闻清兵入寇，畿辅震惊，赋闲家居已七年的倪元璐毁家纾难，招募三百死士驰赴京师，如灯蛾扑火然。两年后李自成陷京师，倪元璐束带拜阙，自缢殉国。

倪元璐于明末，不仅直声动四方，书法也名重一时，与黄道周、王铎鼎足而三。他行草极超逸，行书也如康有为所言，"新理异态尤多"。他那展现强烈个性的书风，潘天寿此诗已竭力描画："古韵出金石，隽逸迥天趣。一波一磔间，坚如生铁铸。中有额方方，画栋悬辉煌。照眼是何字，骈列大与堂。力可拔千山，气可吞银潢。"

但倪元璐也能诗，诗名为其人品与书名所掩。他存诗不多，四库全书本《倪文贞诗集》二卷，存诗不过二百八十首，且间有阑入者，如"绿泛新醅酒，红添小火炉。晚来天欲雪，能饮一杯无"一首。《四库提要》称其"诗集颇多散佚"，比如《明诗别裁集》收入的倪元璐《皇极门颁历作》"凤阙开彤旭，猊炉散紫烟"一诗，伍崇曜的《粤雅堂丛书》重刻倪文正公年谱跋，特地拈出此诗且称其"最为典重"，而诗集失收。所以，一生精勤抄书的张宗祥，特地从书画与方志中补辑数章，集乃大备，可惜似未付梓。

张宗祥序潘天寿诗存，既然得出潘诗与倪诗"何其相似之甚也"的结论，以张氏诗学之精、腹笥之广，当非泛泛应景语。首先，倪元璐的诗像他的字一样：锋棱外露，又筋力内敛；结体遒密，而风神俊朗。他善于用典，而且用得十分浑成，如"深源宁作我，烛武不如人"（《四十初度》之二），用殷浩"我与我周旋久，宁作我"和烛之武"臣之壮也，犹不如人，今老矣，无能为也已"的故事。但更多的是采口语熟语入诗，并造成警句："独饶识具三毛颊，不合时宜一肚皮。"（《送姚孟长前辈赴南中》）"老夫自避一头地，仙子群移六甲厨。"（《小愈后吴淡人诸君移尊过斋作文字饮》）"糊涂争大小，视听入希夷。"（《念五日大雾》）"谋以肉而鄙，人因痴乃肥。"（《野食》）"似贫非是病，惟瘦胜于肥。"（《体秋》）

论者都说潘天寿诗与其画一样，都是雄强一路，其实是他那些句式奇崛而参差的古体给人造成的印象，接受的是韩愈和卢仝的影响，正是"一味霸悍"。真正成熟的是潘诗中的七律，而倪元璐诗也以七律最为可观。把两家的七律诗比并来读，有时的确会给人"似曾相识"之感。如潘天寿的《寂寥》云：

> 剩有寂寥是耶非，纸窗板屋雨霏霏。梅边消息春偏晚，帘外呢喃燕久稀。不入时缘从我好，聊安懒未与心违。矢弓我马离离古，并与周车猎一围。

末句自然是从李商隐《北齐》之二的"晋阳已陷休回顾，更请君王猎一围"来，但更直接的背景恐怕是倪元璐的《九日登山》：

> 使得一天红叶飞，青山略较白云肥。更无写意图如此，岂有登高赋者非。招五大夫松共饮，勒六从事酒无归。醉来不觉身为蝶，去与黄花打一围。

潘天寿的《寂寥》是1940年作于昆明滇池边的安江村，正是梦见倪氏墨迹醒后记诗的暮春稍后的梅雨季节。我相信，在此前后一段时间，潘天寿浸淫于倪元璐的文字颇深，故"能以精诚致魂魄"也。下面是作于同年的《猛忆》：

> 何年归卧有柴扉？所计无多未尽非。涉世已疲牛马走，点睛为破壁龙飞。碑寻碧落书凝指，梦酣乌程香满衣。猛忆梅花分外好，月华孤屿影依稀。

诗题就是借用龚自珍的，内容也可见龚诗"猛忆儿时心力异，一灯红接混茫前"的影子，但对照倪元璐《自笑》一诗，另一重痕迹就出来了：

> 千风吹不散梅酸，端的头陀现宰官。太史公元牛马走，中黄伯作虎猱观。最平下笔偏趋险，极怒逢山即转欢。世事方圆无是处，从教八角磨为盘。

宋明人每以太史公的"牛马走"作对，如谢肇淛赠钱谦益诗有"老去自惭牛马走，书来犹问鹿麋群"一联（见《列朝诗集小传》丁集下）。但潘天寿料应不及见此，他的"涉世已疲牛马走"想必还是取材自倪诗的"太史公元牛马走"吧。

另外，一个明显的文本相似是多用散文体的拗句。以七言为例，"上四下三"的句式是常态，也可细分为"二/二/三"。但诗人有时会力避圆熟，务求生涩，这就容易破格了。吴战垒《濡染大笔何淋漓》说："潘天寿先生还好用拗句，拗而不使句弱，有劲挺偃蹇之势。"他选了三例，我按照他的意思划分音节如下："遍/烽烟里/春仍好，耐/屋梁间/月正圆。"（《简弗之璧山》）"老/山林外/无魏晋，驱/蛟龙走/耕唐虞。"（《吊吴缶庐》）"不入时缘从我好，聊安懒/未与心违。"（《寂寥》）

检视潘天寿诗集，句子的变格还有多处：

> 木奴千树傲居官，有室/能容膝/便安。（《题山居图》之四）
> 不道徐黄旧心法，极/波涛处/竞龙蛇。（《题张书旂花卉集》二首之二）
>
> 待看天河洗兵甲，合/陈抟/好有粗衾。（《睡起》）
> 毕竟将军能跋扈，撼长城/固/谢毛锥。（《论画绝句》）

前引倪元璐两首诗，《九日登山》中的"更无/写意图/如此，岂有/登高赋者/非。招/五大夫松/共饮，敕/六从事酒/无归"，《自笑》中的"千风/吹不散/梅酸，端的头陀现宰官。太史公/元/牛马走，中黄伯/作/虎猱观"，句格尤奇，而且一奇再奇，可见破格的拗句正是倪元璐的惯技。其余尚有"三万卷/蟠腹，安能为伏雌"（《读徐九一疏草》二首之二），"帝陵秀/又添/龙防，客路清/惟有/鹤随"（《送唐宜之判凤阳》），"收/七百秋/已了酒，卖/三十饼/不论钱"（《家居即事》），"如此风光便可图，不由雨/不化醍醐"（《雨后行东阿道中》），等等。

潘天寿在《诗与绘画的关系》一文中说过："在诗的表现上，有关格调、韵律、音节、意趣等等，与绘画表现上的风格、神情、气韵、节奏等等，两者完全是相通的。"他与倪元璐一样写诗好用拗句，一定跟他们的书风和画风有关，因为其笔墨语言都偏向于线条的波磔、节奏的顿挫、气势的吞吐。

有时候，一个字眼就能透露个中消息。比如倪元璐诗好用"肥"字，而且用得非常别致，比如那首《九日登山》的"使得一天红叶飞，青山略较白云肥"。又如：

喜不身如瓠子肥，随风吹上最峨巍。(《老竹岭》)

茅屋人家红叶飞，天将枯去晚烟肥。(《九日山行便谒禹庙》)

花气淡都如谷水，雨珠肥不过青梅。(《集红酗亭同凌骏甫闵园客赋》)

耄石雏花巡佛案，瘦云肥雨裏禅房。(《宿灵鹫》)

钟老尚能健，松肥喜不痾。(《游鸡鸣山寺》)

第一例的"瓠子肥"正常，最后一例的"松肥"有点怪，其余如"青山白云肥""晚烟肥""雨珠肥"，只能说是诗家的个人癖好了。但从画家兼诗人的角度来看，倒也容易解释得通，这不就是用笔墨语言来看待外在物象吗？同理，潘天寿诗中也好用一个"肥"字：

海因尘尽波能阔，菜许园肥计未迟。(《简刘振缨云阁昆明》)

翻翻鸥鸟自忘机，眉外斜阳水外肥。(《渔矶罢钓》)

愁心未剪绘屏围，梧叶娇黄梧子肥。(《题秋梧雁来红立轴》二首之二)

春深洞口瑞云飞，画槛浓添碧草肥。(《独游崇寺山桃林》六首之三)

你可以说两人都祖法韩愈《山石》的"芭蕉叶大栀子肥"。但从频率上来看，潘天寿似乎有意无意地在效仿倪元璐诗的字法，还有句法。

不止于此，在某些立意上，也可以看出两人的共通之处。如天高我为峰之想，或在想象中反观自身如置画中，在潘天寿已成积习：

以我为峰未可非，歌声天姥听依稀。不稽刘阮胡麻事，有忆长才李布衣。(《登天台莲华峰拜经台作》六首之三)

山青水碧白沙渡，墨气淋漓大写真。不是清湘旧草稿，凭谁着我画中身。(《白沙渡》)

而倪元璐《登香炉峰观石壁》已着先鞭。这是倪元璐诗集中五律部分的第一首，非常显眼：

到顶知山大，他家尽小亚。试看烟似篆，应予号为炉。摩诘室安否，嵇康书有无。此原入画格，着我即成图。

以上我从字法和句法的层面上来讨论潘天寿所受倪元璐的可能的影响。显然，潘天寿如此崇仰倪元璐，首先是敬其人，其次是爱其字，最后才是学其诗。也就是从人品，到书风，再到诗格。潘天寿一生刚正，自小在家乡宁海，每天都从纪念方孝孺的"正学坊""正学祠"经过，去上"正学小学"。方孝孺世称"正学先生"，潘天寿对这位乡贤，这位大儒，这位"台州式的硬气"的代表人物的敬重是深入到骨子里去的。终其一生，潘天寿都讲求"心正则画正"，其论画语录中对"正气""人格"的强调比比皆是。以他的"思想正、志向大、胸襟宽、眼光远、修养高"的理想衡之，倪元璐是真正的典范人物。而我也曾钦佩这位文正公的"拎得起，放得下，既执着，又超越"为最不可及。所以说，潘天寿第一是受倪元璐人格魅力和传奇经历的感染，其次是为他打破传统审美理念的遒劲洒脱的书风震骇，最后才是对其诗的心慕手追。

潘天寿当年梦见倪元璐墨迹的故事，犹有可说，因为他的梦可谓一脉相承，可列入一个精神谱系。倪元璐年少时，也曾梦见苏轼教他作字。据黄道周题跋："尝戏问鸿兄：'少时作何梦晤？'公云：'吾十四五岁时，尝梦至一亭子，见和仲举袖云："吾有十数笔作字未了，今举授君。"'""和仲"是苏轼的字。苏轼恰巧也有过柯勒律治梦中写《忽必烈汗》的经历，《东坡志林》上有记：

元丰六年十二月二十七日，天欲明，梦数吏人持纸一幅，其上题云：请《祭春牛文》。予取笔疾书其上云："三阳既至，庶草将兴，爰出土牛，以戒农事。衣被丹青之好，本出泥涂；成毁须臾之间，谁为喜愠？"吏微笑曰："此两句复当有怒者。"旁一吏云："不妨。此是唤醒他。"

　　所谓日有所思，夜有所梦。潘天寿《论画绝句》盛赞高其佩"毕竟将军能跋扈，撼长城固谢毛锥"的指画，《画谈随笔》又谈起它乃是高氏"得梦中之触引"而发明的。高氏曾经特为刻一印曰："画从梦授，梦自心成。"艺术家积想成梦，其实是精神上高度专注的结果。

为山作传，为水作诔

——读《两宋萧山渔浦考》

　　读书可以任性，想不到有人写书也这么任性的。眼前有一本书，《两宋萧山渔浦考》，中州古籍出版社2015年出版，布面精装，定价五百，印数两百，分明赔本；作者署名萧然客，形同匿名，显然也不为赚吆喝。写什么呢？细考两宋时期临安钱塘江对岸萧山县渔浦镇的地理位置与历史沿革。为什么要考辨这个呢？因为不忍其名之湮灭无闻或指称有误。因何不忍？因为作者卜居此间，未免有情。最直接的缘由是，他如此熟悉的一座小山，说没有就没有了。这座山，高十米，名半爿，在北纬30度8分35秒，东经120度8分45秒，于2014年被挖掘机掘平了。故此书扉页上题有一行字："谨以此书纪念一座逝去的小山和一个时代。"

　　只为这一座已化为乌有的小山，作者凭乾嘉之学的本门功夫，借网络时代的潮人手段，狮子搏兔，牛刀杀鸡，利用专业文献数据库的快速检索之便，"坐拥书城，秒杀万卷"，先一网打尽历朝历代与渔浦有关的笔记、方志、宗谱、诗词、绘画、碑铭等历史文献，再细行甄别，剔除异地同名者，然后详考其方位、建置、设施、物产、人才，辑录其诗、词、画，再现了两宋萧山渔浦历史地理的真实面貌。

昔日渔浦所在的地标"半爿山"，就是《水浒》里的"半墦山"。容与堂本第九十六回，宋江征方腊，打到杭州。阮小七前来报命：

> 小弟和张横和侯健、段景住带领水手，海边觅得船只，行至海盐等处，指望便使入钱塘江来。不期风水不顺，打出大洋里去了。急使得回来，又被风打破了船，众人都落在水里。侯健、段景住不识水性，落下去淹死海中。众多水手，各自逃生，四散去了。小弟赴水到海口，进得赭山门，被潮直漾到半墦山。

"半墦山"，也如"半瓣山""半边山"，都是"半爿山"一音之转。阮小七这段话，透露了作者施耐庵果然精熟浙江的地形与水势。由于近代围垦造田使江面变窄许多，钱塘江潮的势头大不如从前了。要知道，唐时潮头可达建德，宋时也可到桐庐，所以才那么猛，既能将船打出大洋去，又能将人荡到上水来。

读《两宋萧山渔浦考》，我们对浙江——更准确地说，之江——的交通地理有了更亲切的了解。自元明以后，茅以升建钱塘江大桥之前，萧山西兴是必经的渡口。但从此书得知，杭越自江而济，原有东西二渡：浙江渡在候潮门外，对西兴；龙山渡在六和塔下，对渔浦。龙山对渔浦的东渡，在两宋时繁忙程度远逾西渡，正如苏东坡《乞相度开石门河状》所言："自温、台、明、越往来者，皆由西兴径渡……自衢、睦、处、婺、宣、歙、饶、信及福建路八州往来者，皆出入龙山。"苏州、嘉兴运往衢州、睦州的米，富阳、桐庐运来杭州的柴，都经龙山渡中转。东坡描叙了龙山渡的险况，说他"二十年间亲见覆溺无数"。何以至此？却原来半爿山对岸，如今泯然于十里新沙地上的浮山，直到民国，都还是兀自突立在江心，与远盛于今日的潮水相摩相激，当然凶险万状。但避又不能避开，因为渔浦一边水浅沙多，航道深处乃在浮山一侧，通达须向险中求。南宋楼钥《北行日录》，记过龙山渡之艰辛与危殆甚详：

> 二十八日庚戌，微雨。辰巳间晴，早作饭了，同周君行数里，三憩方到渡头。装载既毕，潮落舟胶，监渡厉君以小舟般剥，已又加一舟，荡兀波间，久之，大舟既前，复挈行李装载，劳扰良甚。又叙桴食顷，挽绁徐行。近庙山始用橹，潮上方急，篙橹努力欲进，为山石所激，进寸退尺，舟人失色。少纵复上，久方得过。又挽行十余里，雨霁风静，一波不兴，至六和塔下登岸，已薄暮矣。

我们今天驱车，从渔浦那个位置，只要不堵，过钱塘江大桥，或者绕一下走之江大桥，到六和塔都只需十来分钟。古人却要小船换大船，大船小船牵，扯篷拉纤地折腾一整天！

李白、杜甫都曾"一度浙江北""渡浙想秦皇"，当日过江想必也备尝辛劳，哪有他们留下来的诗句那样写意。其实就算到了一百年前，周作人仍然说："过钱塘江是一件危险的事，恐怕要比渡黄河更为危险。因为在钱塘江里特别有潮汛，在没有桥也没有轮渡的时候这实在是非常可怕的。"周作人指的是西渡。《知堂回想录》写他1901年夏天去南京水师学堂，从西兴渡江，要心惊肉跳地走长长的跳板，才能上船：

> 特别是沙滩浅而远，渡船不能靠近的时候，需要跳板接出来，而这跳板长而且软，前面有人走着，两条板一高一低，后面走的着实困难。差不多要被掀下水去的样子。等上了船，这才可以安心了。

可上了船之后，还得像阮小七那时候一样看风水顺不顺。有风就挂帆，万事大吉；没有风的话，得摇橹。三四个船夫不够，乘客就得帮忙摇。穿长衫者可免，穿短打的不主动就会挨船夫的恶骂。这经验鲁迅当然也有过不止一回。可以说，从李白、杜甫到鲁迅，他们过钱塘江的方式并没有本质的不同，其对于行旅，恐怕都有绳子勒到肉里去的经验，我们今天是再难体会和想象了。

楼钥过龙山渡写到监渡某某。北宋时江河要津设官渡，禁私渡。官渡设监官，钱塘江渔浦、西兴二渡，每天渡人不止千百，管理是大事也是麻烦事。作者一一抄录了《宋会要辑稿》中有关渔浦渡的条目，可见从定都临安到开禧北伐，七十年间管理上张弛交替的情况。总是初时措置甚严，岁久复成玩习，但好在官员们能不断发现问题并解决问题：从打造船只，招聘水手，到完善交通秩序，落实安全责任，超载怎么罚，全年无事故怎么奖，都一一做了规定。特别讲到早先以出钱多少为渡客先后，显然缺乏社会公平。后来改为卖牌上船，船钱划一。船分五色，牌也分五色。客持某色牌，就上某色船。这简直是现代管理的一套了。宋代社会交通运输的进步，贸易流通的有序，商业运作的复杂，可见一斑，从微观上也说明内藤湖南的"宋代近世说"不为无据。只是作者却从宝祐年间江上寇盗剽掠客船的事件，而发出"宋之不亡其可乎"的喟叹，实在是言重了。江上遇见船火儿张横，被逼做"你是吃板刀面还是吃馄饨？"的选择题，是元朝人施耐庵虚构的故事，在宋朝应该是小概率事件吧。

《两宋萧山渔浦考》复原了两宋浙江渡的情形之外，还提供了许多渔浦当地的生产与生活知识，如为何筑堰修塘，怎样淋卤煎盐，等等。渔浦离海有点远，却有许多利用海潮制盐的盐场，尽管潮水过了六和塔一带，所含盐分已经不高，但当时盐课居然也视海水之浓淡定税额之高低。而且煎盐需燃料，官谕盐场周围特留草场，不得偷牧，违者拘捕。这样细腻的管理措施，谁能说不是善治，如果执行比较到位的话？我一直觉得，历史如同新闻，也是报忧不报喜，来者不善，善者不来。社会系统若是运转良好，就不用载在史册了，因为人之常情，只有来事儿，才会来劲儿。

孔子曰："古之学者为己，今之学者为人。"我读罗庸的《习坎庸言》，开篇说古人之学重在为己，西人之学长于格物，于今我辈当认清为己与格物之为一；又说西方汉学家治学态度往往流于冷酷，而"国粹学者，动多故国之思，对中国之山川景物，小至一草一木、一花一叶者亦莫不寄以深厚爱护之情，发之于文章者，低回流连不能自已"，流弊却在不分好歹，照单全收，缺乏批判精神。我从《两宋萧山渔浦考》所得偏多，因为看到了为己与格物的统一，抒情气质与科学精神的统一。作者为山作传，为水作诔，伤逝惜别，情难自禁。而为乡邦文献考实存真，所给予作者智性的满足也自不待言。他在后记里说："是稿爬梳剔抉，小心求证，必先惬于己心而后已。"如今有太多苦大仇深的学术民工，从写作中得不到一丁点快感。而读这本书，我们却见猎心喜，看作者怎样将心中疑团一一做定点清除：何以谢灵运诗中渔浦或为富阳渔浦，陆游诗中渔浦多为桐庐渔浦，而明清后所称渔浦乃许贤渔浦，等等。这些问题对别人来说根本不是问题，对作者自己却十二分要紧。陆机《文赋》说"惬心者贵当"。要想"惬于己心"，非"绳其必当"不可。作者为此使出了浑身解数。比如，书中使用了多幅Google Earth（谷歌地球）的卫星照片截图，又利用汉字转化unicode编码技术，特地保留了所有引文的异体字、俗字甚至别字，如"富"作"冨"，"尝"作"甞"，"窗"作"窻""窗"，诸如此类。

都云作者痴，谁解其中趣？你看作者署名，中文名萧然客之外，还有一英文名Blade Hsiao，估计是戏仿萧伯纳的Bernard Shaw。注意Hsiao是用韦氏拼音。而blade又有荡子的意思。胡兰成《今生今世》一开头就说："我不但对于故乡是荡子，对于岁月亦是荡子。"山川易容，城市改观，每个人的故乡都在变成他乡，作者对此或许也有同感吧。

微言一克的重量：
从郭在贻的训诂谈杜甫诗的校注

　　我于古典文献和考据是门外汉，最近偶尔看到郭在贻先生的《训诂丛稿》（上海古籍出版社1985年版），一读之下，胜义纷陈，不能释手。关于郭先生的故事我也了解一些，比如说他"文革"前住在杭州大学语文资料室里整整看了四年书，"文革"期间充耳不闻外面的高音喇叭继续苦读，遂成其绝学，可惜五十岁差一天因病去世，真应了"千古文章未尽才"那句话。

　　读这本《训诂丛稿》，意外的收获很多。举几个例来说吧。比如古书中的"哀思""愁思"，我们一向把"思"理解为"思虑"，郭在贻说，其实"思"也是"哀""愁"的意思，如《诗大序》"亡国之音哀以思，其民困"、《淮南子》"春女思，秋士悲"、《洛阳伽蓝记》引魏庄帝诗"思鸟吟青松，哀风吹白杨"，都是对举成文的例证。又如陶渊明"尝言五六月中北窗下卧，遇凉风暂至，自谓是羲皇上人"，这个"暂"字，我们不假思索地理解成"暂时"，但郭氏认为，更准确的解释是"猝然"。再如柳永《望海潮》写杭州"烟柳画桥，风帘翠幕，参差十万人家"，我们多半也想当然地认为，"参差"是形容房屋密集却又高低不齐的样子，但郭在贻说"参差"是唐人诗词习见的俗语词，含义颇为复杂，但这里应该训为"大约"，是说杭州当时大约有十万户人家。

　　书中有《漫谈古书的注释》一文，作者例举了名家注名著出现的很多错误，有的望文生义，有的以今律古，有的增字解经，等等，这证明注释古书之难："注释家的学问宜乎博通，而不要太过专门。既专于此，则难免疏于彼。"通文学的人不一定精语言，所以文学作品的注释应该多听取语言文字学家的意见。作为训诂学家，郭在贻无书不读，但下笔极克制。他服膺顾亭林"采铜于山"之说，不屑于买旧钱废铜以充铸而已。他在《我的读书生活》一文中说："我用了十年的时间研究楚辞的训诂，所得不过一篇万把字的论文，假如我用这些时间和精力编写一部《楚辞注释》之类的书，我想也并非不能胜任，但我没有那样做。"这样千锤万凿出深山的所得，编写注释的人没有理由不加以珍视，好搜罗来以"充铸"新钱的。

　　《训诂丛稿》里，关于杜甫诗语的义训占有相当分量。除了《杜诗札记》《杜诗异文释例》两篇专文，还有许多篇也经常涉及杜诗字词的释疑，那些精详的例证和按语，往往令人眼明。我不禁想起三年前出版的十二册《杜甫全集校注》（人民文学出版社2014年版），这是山东大学承担的国家重点项目，前后十多位编委历经三十多年始得完成，应该是诛求已尽、野无遗贤的集大成之作吧，却不知道郭在贻的成果有没有被采纳进去？给古典做注释确实是"智者千虑或有一失"的事，给经典做集释尤难，钱锺书认为最好由集体来负担，因为"一个人总不免有见闻不到、收采不尽的地方"。《杜甫全集校注》是个集体大项目，"凡例"中说："今世学者亦不乏别解新见，凡此皆足为本书之借鉴。"于是我很好奇地，根据我所认为郭著中涉及杜诗的别解新见之最精切不移者，逐一查检过去，却遗憾地发现，它们都被忽略了。

（一）

杜甫《江畔独步寻花七绝句》之二：

> 稠花乱蕊裹江滨，行步欹危实怕春。诗酒尚堪驱使在，未须料理白头人。

《杜甫全集校注》注曰：

> 黄生曰："驱使，犹俗云'差排'。料理，犹俗云'照管'。"……董养性曰："言尚能驱驰于诗酒之间，未可以老相欺也。"朝鲜李植曰："不必计较白头而不为诗酒也。"张溍曰："末二句意谓老人尚有用处，春光无遽相害。"（第2221—2222页）

关键在"料理"一词怎么解释。这段注释中，"料理"像是"照管"，又像是"计较"，但也有点"相欺""相害"的意思。注释者只把互不相干的各种说法罗列出来，不管它们各说各话，却不做仲裁。其实正确答案已经在其中了。不错，就是"相欺""相害"。郭著中《古代汉语词义札记》（二）和《杜诗札记》两文，都讲到这个"料理"。

> 《世说》和《晋书》中的料理，乃安排、照顾之意，施于杜诗，殊欠妥帖。张相《诗词曲语辞汇释》于"料理"条下归纳了四个义项：安排、帮助、排遣、逗引。并训杜诗"料理白头人"之料理为安排、帮助之意，其误实与仇注同。
>
> 今按：除张氏所列四义外，还应增加一义，即"做弄"或"戏侮"之意。《太平广记》卷四四八"杨伯成"条："伯成知是狐魅，令家人十余辈击之，反被料理。""家人窃骂，皆为料理。"细绎文意，这两个"料理"都是"做弄"或"戏侮"的意思。

郭在贻认为杜诗的"料理"正应作欺侮、作弄、撩拨解。然后他串讲诗意：别看我已垂垂老矣，可我还能赋诗饮酒。我并不服老。春光啊，你不要欺侮（或曰作弄，或曰撩拨，均可）我这个白头人吧。联系这一组绝句的第一首"江上被花恼不彻"云云，恼者，戏弄也、撩拨也。花可以撩拨人，则春光何尝不可以作弄人？再联系杜诗又有"剑南春色还无赖""无赖春色到江亭"，《汉书》有"江淮间小儿多诈狡狯者为无赖"的说法，所以，春色被老杜拟人化了，能作弄和欺侮人了。郭氏把整首诗串讲得圆融无碍，只差点出最后一句：这就是诗人"实怕春"的原因——自己"行步欹危"消受不起,"怕""稠花乱蕊"来作弄、撩拨、欺侮啊!

妙的是,郭在贻找到了的解真铨,却不肯掠美,写了一段"附记":

> 近购得钱锺书先生《管锥编》四巨册,其第二册八二二页,谓料理乃"相苦毒""相虐侮"之义,亦引《太平广记》"杨伯成"条为例,其说与拙见不谋而合。然钱先生乃大名家,其书博大精深,蜚声海内外;笔者乃后生小子,纵有与钱先生暗合处,亦不过千虑一得耳,固不敢与钱先生同年而语也。

复检《管锥编》此条,其实钱锺书并没有举杜诗此句为例,郭氏太谦虚了。但《管锥编》讲"料理"诸义项可谓充类已尽,确实可以联想而及。《杜甫全集校注》的校注者不读郭在贻是疏忽,可读钱锺书也读得不细吧。

(二)

郭在贻《释"努力"》一文,令人称绝。古诗《行行重行行》:"思君令人老,岁月忽已晚。弃捐勿复道,努力加餐饭。""努力"一词,各选本均不加注,显然认为是"用力""勉力"的习惯用法,"努力加餐饭"就是劝君能多吃点就多吃点。但郭氏说,除此义之外,自汉魏到隋唐,"努力"还有"保重""自爱"的一层意思。

《三国志》卷九裴松之注引《魏末传》，有"好善为之"与"努力自爱"对应的话。郭氏举了很多例证，其中便有杜甫的《别赞上人》：

> 百川日东流，客去亦不息。我生苦漂荡，何时有终极。赞
> 公释门老，放逐来上国。还为世尘婴，颇带憔悴色。杨枝晨在
> 手，豆子雨已熟。是身如浮云，安可限南北。异县逢旧友，初欣
> 写胸臆。天长关塞寒，岁暮饥冻逼。野风吹征衣，欲别向曛黑。
> 马嘶思故枥，归鸟尽敛翼。古来聚散地，宿昔长荆棘。相看俱衰
> 年，出处各努力。

郭氏断言："这里的'努力'分明是保重的意思。"这是可信的。赞公是长安大云寺主，老杜故交，能诗，受房琯一事牵连被谪到秦州，所以颜色憔悴得很。《杜甫全集校注》于末句注曰：

> 《吴越春秋》卷十载勾践出征，军士与家人作离别相去之辞
> 曰："行行各努力兮，於乎，於乎。"阮籍《咏怀》："生命几何
> 时，慷慨各努力。"出处，本谓仕隐，此处似指方内方外。张远
> 曰："此段叙别。言相会无几，离别随之，情难自已。第聚散自
> 古而然，但当各自努力耳。殊深迟暮之感。仇注："末乃临别交
> 勉之词。"（第1696—1697页）

这条注，注了等于没注，因为只说"交勉之词"，我们自然会把"努力"理解成奋斗。但要老杜努力奋斗可以，他不是有志于

"致君尧舜上，再使风俗淳"吗？但赞公是和尚啊，一个和尚还努力什么呢？杜诗早有"赞公汤休徒，好静心迹素"之语，你勉励这样的人继续"努力"，要么是嫌他修行不到家，要么是怪他奔竞不到位，都不是好话。再说已经是"相看俱衰年"了，还有多少时间去奋斗呢？所以"出处各努力"一定是各自保重的相互劝慰。

训诂学有反训的现象，郭著中专文谈到过唐诗里的反训。他说，凡事皆有两面，看似对立，其实统一。"料理"一词，钱锺书说，既指"善视厚遇"，复谓"严治苛待"，真是"翩其反而"的事情。跟年龄和光阴联系起来的"努力"，也有反训的可能。阮籍的《咏怀》写木槿花是"日夕华"，但开得煌煌有光色；蟪蛄不知春秋，但叫得欢；蜉蝣更不过三日，但羽翼美得像楚楚采采的衣裳。所以阮籍最后说"生命几何时，慷慨各努力"，是因为生命短暂，所以要使劲精彩一回。但有人会退一步想：此生既然短暂，再怎么努力也终归虚无。佛道中人，答案往往消极。郭氏《释"努力"》最后引寒山诗"唯当鬓发时，行住须努力""黄泉前后人，少壮须努力"，意思都是黑发易白，黄泉路近，趁年轻时好生保重身体才是正经。受郭说的启发，我读《太平广记》卷一九六《贾人妻》，发现女主角对男主角王立的告别之辞，其中的"努力"即作"保重"解：

> 凡与立居二载，忽一日夜归，意态遑遑，谓立曰："妾有冤仇，痛缠肌骨，为日深矣。伺便复仇，今乃得志。便须离京，公其努力！"

（三）

杜诗里还有一个字，官司打了几十年。《羌村三首》之二的"晚岁迫偷生，还家少欢趣。娇儿不离膝，畏我复却去"，最后一个"却"字的解释，《杜甫全集校注》是这样的：

> 却，犹即也。"畏我复却去"，谓畏我复似去年，再立即离家而去也。"却""即"二字，唐人诗文中多通用。杜诗《苏大侍御涣》："余发喜却变"，谓喜即变也。刘长卿《长门怨》："看却被风吹"，谓看即被风吹也。亦有"看即"连文者，如李贺《野歌》："条条看即烟濛濛。"或解"却"为"回""返"，则于义为赘。（第936—937页）

注释者以为"于义为赘"的解"却"为"回""返"，正是郭在贻坚持的观点，而他针对的恰恰是《杜甫全集校注》的主编萧涤非先生。

关于"娇儿不离膝，畏我复却去"两句诗，萧涤非从20世纪60年代起就为文一谈再谈，80年代初又发表了《不要强杜以从我——三谈"娇儿不离膝，畏我复却去"》，二十年间，观点始终如一："却，犹即也。"郭在贻特地为文，《也谈"娇儿不离膝，畏我复却去"——兼与萧涤非先生商榷"却"字的义训问题》，把萧涤非三谈中所征引的十几条例证一一予以反驳，从这个字的义训及其流变详加考察，得出的结论是："却"字有"回""返"的意思，并与"回""返""还""归""去"等词素组成"却回""却返""却还""却归""却去"等等同义复词——

> 到此，可以把我们的意见总括如下："却"字既可训为"去"，则"畏我复却去"中的"却去"便是同义复词，这句诗应当读为"畏我——复——却去"，译成现代白话，即是："怕我——再——离开。"

郭在贻的论证非常严密。同为训诂学家的蒋绍愚稍后撰文，亦同此解。从60年代萧涤非二谈这两句杜诗以后，吴小如、傅庚生、信应举等加入讨论，但郭在贻可谓一锤定音。

萧涤非的文章发表在《中学语文教学》1980年第7期上，郭在贻的商榷发表在同一刊物1981年第1期上，萧涤非不可能没有看到。从此以后，他没有再谈过这个问题了。但是我们看他主编的《杜甫全集校注》，一仍其旧说。尽管此诗所在的卷四是郑庆笃执笔编写，但萧涤非是主编，审稿时是可以贯彻自己的意志的。这一条注释，所引三句唐诗，杜甫"余发喜却变"、刘长卿"看却北风吹"、李贺"条条看即烟濛濛"，都跟"却去"互不搭界，简直歪缠。而郭在贻所用的例句及其解释，很难推翻。单是最有说服力的对举成文就有：

潮水还归海，流人却到吴。（李白《见京兆韦参军量移东阳二首》之一）

亦名返生香，或名却死香。（《十洲记》）

其实以我看，最熟悉的杜诗里就有最顺手的反证。《闻官军收河南河北》曰："却看妻子愁何在？漫卷诗书喜欲狂。""即从巴峡穿巫峡，便下襄阳向洛阳。"假如"却，犹即也"能够成立，就等于两次拿同义的字儿打头，犯了大忌。萧涤非曾经批评俞平伯解诗"过于求深，好为立异"，郭在贻却说萧涤非也是"求之过深，反失之惑"。

在我看来，将这一问题一劳永逸地予以解决的，是马歌东《〈中国历代文学作品选〉唐宋部分注释商榷20则》（载《唐都学刊》2002年第4期）一文。郭在贻遍举唐人诗文中"却回""却返""却还""却归"的用法，独缺最到位的"却去"的例子。马歌东不仅补上了，而且一补就是六条，想必是得益于电脑检索之便吧：

我们看唐人的用法："却去"的用例，在《全唐诗》中，除此首外还有六处。其中两处的"去"字是"往"义："何时无一事，却去养疏慵"（项斯《忆朝阳峰前居》）、"却去金銮为近侍，便辞鸥鸟不归来"（韦庄《含香》），与本诗不类，姑置而不论；其余四例如下："发家见春草，却去闻秋风"（岑参《送王著作赴淮西幕府》）、"到来逢岁酒，却去还春衣"（岑参《陪使君早春西亭送王赞府赴选（得归字）》）、"马死经留却去时，往来应尽一生期"（刘言史《送婆罗门归本国》）、"难说累牵还却去，可怜榆柳尚依人"（薛能《留题汾上旧居》），此四诗中之"却去"，无一为注释所主张的"退下，躲开"义，而皆言离开某地，可为杜诗注脚。

谢思炜以一人之力所做的《杜甫集校注》（上海古籍出版社2016年版），此句注释全袭马氏，而新添了张九龄《敕突厥可汗书》一例："其马今并勒令却去，至彼之日，以理告示也。"到此，关于"娇儿不离膝，畏我复却去"两句诗中"却"字的争论，可以落下帷幕了。

（四）

郭在贻《训诂丛稿》里还有很多精审的杜诗词语释义，未见《杜甫全集校注》采纳。

比如《丽人行》里，"后来鞍马何逡巡，当轩下马入锦茵。""逡巡"二字，《杜甫全集校注》照常解释为"徐行貌"。但宰相杨国忠既然气焰熏天，旁若无人，为什么还骑着马儿慢慢走呢？郭氏从张相《诗词曲语辞汇释》说："逡巡"是习见于唐诗中的一个俗语词，它既有舒缓、迟延之义，又有迅疾、短暂之义。这分明又是词的反训现象。"逡巡"犹如说"顷刻"，郭在贻的老师蒋礼鸿先生在《敦煌变文字义通释》（第四次增订本，上海古籍出版社1988年新二版）已经讲得透辟至极。蒋氏引了唐宋元二十条语料，其中就有这句杜诗，结论是："逡巡是快速的意思，形容车马横冲直撞，以显示杨国忠的骄横。旧解作姗姗来迟，是不合当时情状的。"当然，大人物姗姗来迟也可以理解，能够凸显其重要性。但是《杜甫全集校注》似乎也应存蒋、郭的新解以备一说。

又如《彭衙行》里，"痴女饥咬我，啼畏虎狼闻。怀中掩其口，反侧声愈嗔"。这个"咬"字，解释女儿饿了咬父亲，有点不近情理。郭在贻从蒋礼鸿《敦煌变文字义通释》之说，认为是"求恳"的意思。蒋氏从敦煌变文和敦煌曲，到《东京梦华录》和《梦粱录》，所引的例证十分有力。《杜甫全集校注》简单注上一句"极写饥饿之状"，可问题偏偏不是这么简单。老杜是在写饥不得食的女儿向父亲乞求吃食，而且是哭着乞求，所以父亲赶紧捂住她的嘴，怕虎狼听见人声，可是她被捂得透不过气来，便扭来扭去地挣扎，声音也越发愤怒了。杜诗太精确了，女儿不可能一边啼哭一边咬人，而且嘴巴被捂住了也没法咬。

当然，郭在贻解释杜诗，不一定尽善尽美令人全然信服。比如他释《送卢十四弟侍御护韦尚书灵榇归上都二十韵》的"但促铜壶箭，休添玉帐旃"，说"促"本字当为"瑑"，是"整齐""整理"的意思。可是滴漏的铜壶里只放一支箭杆儿标记时辰，有什么好"整理"的呢？更谈不上"整"而使之"齐"了。又如《陪诸贵公子丈八沟携妓纳凉晚际遇雨二首》的"公子调冰水，佳人雪藕丝"，郭氏以"雪"为"洗"，殊不知藕可以洗泥，藕都切成丝了，再洗岂不把淀粉洗掉，不好吃了吗？《杜甫全集校注》注曰"雪，削碎也"，最说得通，但未知何据。我最不能认同的是郭在贻解释《悲陈陶》里的"群胡归来血洗箭"，以别本"血"作"雪"为是，而释"雪"为"洗"。要知道，打仗归来，枪用得着擦，箭恐怕是用不着洗的，何况野蛮粗豪的群胡哪里会耐烦去做清洁工的细活？《杜甫全集校注》注解为"犹'匣里金刀血未干'"，才是正解。前文已道"血作陈陶泽中水"，所以强调"群胡归来血洗箭"。这生动而可怕的一幕，比笼统的"羯胡腥四海"更怵目惊心。正如陈弱水《思想史中的杜甫》所强调的，对胡人、胡乱的描写，属于杜诗最具思想影响力的一面，唐人夷夏观念从安史之乱后发生重大转变，未尝没有杜诗所起的作用。

黄侃自嘲学问"屑微已甚"，杨树达自号"积微"。训诂学家从不废话一吨，总是微言一克，但这一克微言却是从偌大的古籍库中一本一本一页一页一行一行细读下来再精炼出来的，这就有了千钧的重量，动它不得。我读完郭在贻的《训诂丛稿》，乘兴再去读蒋礼鸿的《敦煌变文字义通释》和《义府续貂》，同样给我知识上极大的满足，很多疑难都涣然冰释。比如我喜欢李白"明月直入，无心可猜"的《独漉篇》，但"独漉"是什么意思呢？不明白。注释者只说是"乐府旧题"，便完事了。蒋礼鸿告诉我们，"独漉"为叠韵，乃"鹿独""落度""落拓"之倒文。"落拓"有三义，不护细行，不谐世俗，这里是陷入水深泥浊中疲困不能自振的第三义。因此，《独漉篇》也就是《落拓篇》。又如周邦彦《六丑》之"春去如过翼，一去无迹"，蒋礼鸿跟我们一样，初谓"过翼"乃飞过的鸟翼，但他于不疑处有疑，考证出"翼"原指巨舰，后世误以为是轻舟，清真此处实本元稹诗句"光阴三翼过"，而寒山诗有"快榜三翼舟，善乘千里马"，亦可佐证。至于杜诗的义训，蒋礼鸿的决疑发覆就太多了。仅举一例，老杜《见王监兵马使说，近山有黑白二鹰……请余赋诗二首》其二："黑鹰不省人间有，度海疑从北极来。"《杜甫全集校注》此注引金圣叹说：

> "省"有数义：一，省觉之省；一，警省之省；一，省察；一，减省。此"不省"字，乃是省觉、省察边字，从"见王监兵马使说"五个字而来。君虽说有，我不省其必有。……（第4341—4342页）

其实还是望文生义。蒋礼鸿《敦煌变文字义通释》援引二十余条材料，从正史到变文，从元白到欧苏，从《太平广记》到《聊斋志异》，有力地证明了"未省""不省"就是"未曾""不曾"，也就是"没有"。杜诗等于说"黑鹰人间不曾有，疑从北极度海来"而已。

这些宝贵的发现，可以修正我们对古人的文字似是而非的理解，足以引起当今古籍笺注家的重视。我只在《杜甫全集校注》卷二《秋雨叹》三首后面的"备考"中看见一条蒋礼鸿《义府续貂》的材料，但没有发现郭在贻的痕迹。当然，十二卷书或有引录，可能我失察了，而且注释者采纳别解新见无须标明出处，若有所吸收，也难为人知。陈尚君先生的《杜甫全集校注》"初读记"，称赞这是杜甫研究的里程碑，但指出"近人之说仅偶及之"。他希望"今后的研究应以本书为起点，将杜甫研究提升到新的高度"，话中有话。我也为这个本来是众望所属的、可以毕其功于一役的现代工程感到可惜。但像《杜甫全集校注》这样的集体大项目，究竟应该怎么做才能够达到最高的高度？我想，联合"博通"的狐狸与"专门"的刺猬，电脑检索，素心商量，做起来也不难。至于流程，远的、大的，有玄奘的译场可以效仿；近的、小的，有刘浦江先生主事的团队点校《辽史》的经验可以借鉴。

杜甫为什么说马的瞳孔是方的？

（一）

杜甫有一句诗，或者说有一个字，我一直搞不懂。诗是《天育骠骑歌》：

> 吾闻天子之马走千里，今之画图无乃是。是何意态雄且杰，骏尾萧梢朔风起。毛为绿缥两耳黄，眼有紫焰双瞳方。矫矫龙性合变化，卓立天骨森开张。伊昔太仆张景顺，监牧攻驹阅清峻。遂令大奴字天育，别养骥子怜神俊。当时四十万匹马，张公叹其材尽下。故独写真传世人，见之座右久更新。年多物化空形影，呜呼健步无由骋。如今岂无騕袅与骅骝，时无王良伯乐死即休。

我的疑惑就是这句"眼有紫焰双瞳方"。马的瞳孔怎么会是"方"的呢？自然是"圆"的呀！用学诗的香菱的话说，这个字用得"无理"。

可是，老杜是创造的天才，有打破传统习惯的本领与胆魄，写诗往往"无理"而妙。他写马的瞳孔是方的，想必跟虚谷画鱼把眼睛画成方的一样，都属于艺术上的变形吧？却不知他这一句是不是套了前人来的？

查过各种杜诗注本，不得要领。从南宋蔡梦弼的《草堂诗笺》，中经《钱注杜诗》，再到仇兆鳌的《杜诗详注》，于"双瞳方"下，皆注两条。

一条是颜延年的《赭白马赋》："双瞳夹镜，两颧协月。"马的突显的眼睛，看上去的确像是自带太阳镜。老杜《骢马行》有"隔目青荧夹镜悬"，明显出此，但这一条却给"双瞳方"添乱，因为镜子让人联想到的是圆形。

另一条是伯乐《相马经》，此书早佚，所以各注本的引文颇有出入：

《相马经》曰："马眼欲紫艳光，口中欲赤色。"（《草堂诗笺》卷七）

《相马经》："眼欲得高，眶欲得端，光睛欲得如悬铃紫艳。"（《钱注杜诗》卷一）

《太平御览·兽部八》引伯乐《相马经》："眼欲得高巨，眼睛欲如悬铃紫艳光明。"（萧涤非主编《杜甫全集校注》卷二）

《齐民要术》卷六："马眼欲得高，眶欲得成三角，睛欲得如悬铃，紫艳光。"（谢思炜《杜甫集校注》卷一）

谢注所引的《齐民要术》的话，本当是从伯乐《相马经》而来的，但"眶欲得成三角"，跟"双瞳方"也格格不入。查《齐民要术》诸本，此段均为："马眼欲得高，眶欲得端正，骨欲得成三角，睛欲得如悬铃、紫艳光。"谢注漏掉了关键的"眶欲得端正"，而且"成三角"的是马骨而不是马眼眶。

只有钱注的"眶欲得端"，"端"等于"正"，接近"方"了。但是，眼眶端正并不等于瞳孔方正，因为眼眶并不就是瞳孔，所以这一条基于《相马经》的注释，也还是不到位。

（二）

难得的是谢思炜《杜甫集校注》另有注文，说到了方的瞳孔：

> 方瞳为异人之相。《太平御览》卷六六三引刘向《列仙传》："偓佺，槐山采药野父也。好食松实，体生毛，目方瞳，能飞行。"

方瞳原来是属于仙人的。刘向之后，晋王嘉《拾遗记》也说老聃所居之山，有黄发老叟五人，瞳子皆方，面色玉洁。《南史》卷七十六《隐逸传下》：

> （陶）弘景善辟谷导引之法，自隐处四十许年，年逾八十而有壮容。仙书云："眼方者寿千岁。"弘景末年一眼有时而方。

研究道教的学者吴真，有一篇《怎样识别微服私访的神仙？》，说魏晋南北朝时，从传说到历史，眼有方瞳逐渐变为成仙得道的标配，然后又成了高年长寿的象征。诗人们但凡写到仙真和耄耋，少不了要用上这个logo：

> 方瞳起松髓，颓发疑桂脑。（鲍照《在江陵叹年伤老》）
>
> 山际逢羽人，方瞳好容颜。（李白《游太山六首》之二）
>
> 方瞳点玄漆，高步凌非烟。（白居易《送毛仙翁》）
>
> 白发何足道，要使双瞳方。（苏轼《戏作种松》）
>
> 招呼方瞳翁，邂逅鸟爪仙。（陆游《书怀》）
>
> 堂中老人寿而康，红颜绿鬓双瞳方。（朱熹《寿母生朝》其一）
>
> 颀颀兀立七尺强，丰颐广颡双瞳方。（陈三立《题欧阳润生观察丈画像》）

这些都是大名家的诗句，很难相信都是虚应故事。比如毛仙翁，白居易和元稹都叫他老师，说他一对瞳仁是方的，难道是睁着眼睛说瞎话？

杜甫写天子之马"矫矫龙性合变化，卓立天骨森开张"，自是神俊非凡。他会不会是借用了仙人的方瞳来写天马的异相呢？

（三）

这首《天育骠骑歌》，不是写的真马，而是写的画马，故别本又题作《天育骠图歌》。杜甫有四首题画马的诗，除了这一首，还有《丹青引赠曹将军霸》《题壁上韦偃画马歌》《韦讽录事卢氏宅观曹将军画马图》，篇篇精彩。开元天宝，世俗见马，即称"曹韩韦"。曹霸、韩幹与韦偃，三人画马老杜都看过而且写过。这幅绘者未详的"天育骠骑图"，既然是杜甫当日"见之座右"的"写真"，会不会本来画的就是"双瞳方"呢？

无图可按，而有骥可索，我就从唐人画的马里找旁证吧。曹霸的画，今已失传。韦偃留下一幅《双骑图》，马眼看不清。还有一幅李公麟临摹他的《牧放图》，画了一千多匹马在上面，眼珠子更无从分辨。于是只剩下韩幹。韩幹画马，老杜专门写过一篇短文《画马赞》，赞其"毫端有神"，但在《丹青引赠曹将军霸》一诗里却有微词，说"幹惟画肉不画骨，忍使骅骝气凋丧"。目前寄名韩幹所画的马，果然都有些痴肥，但令我大喜过望的是：那些马的瞳孔还真不是圆的！

不是圆的，那是方的了？难说，应该算扁的，像是横着放的橄榄形。传为韩幹所作的《圉人呈马图》如此，《清溪饮马图》也如此，《十六神骏图》最后一匹仍复如此。这些都不如《照夜白》流传有绪，可是都有着扁平的横瞳。

看来，老杜《丹青引》说韩幹"亦能画马穷殊相"，绝非轻许。画师能画出马的横而扁的"双瞳"，也算穷尽了马的特殊形相了。老杜《画马赞》已经注意到韩幹画马的眼睛——"鱼目瘦脑，龙文长身"。"鱼目"不是说马眼像鱼眼，而是说马眼像鱼形。鱼形不也就等于橄榄形么？

东坡诗云，"少陵翰墨无形画，韩幹丹青不语诗"，一点不假。至于"翰墨"与"丹青"孰先孰后，就不得而知了。有可能杜甫是先见到画师画马如此，又目验过再写；也有可能是他观察到马瞳本来就是方的，自然而然就这么写了。杜诗人称"无一字无来历"，却也不能排除是他从生活经验中，或者说社会实践中，得来的第一手资料。比如他写鱼的眼睛是红的，就是受人招待吃鱼脍时的亲眼所见（《阌乡姜七少府设脍戏赠长歌》："饔人受鱼鲛人手，洗鱼磨刀鱼眼红。"）

但是，看这些画马图，还是落实不了"双瞳方"的"方"字，毕竟橄榄形还不是方形。

（四）

书上找不到，就到路上找，毛主席就是这样教导我们的不是？可这一时半会儿，我上哪去找一匹马牵过来相一相？何况马的瞳孔是很深邃玄幻的，加上反光，随便看也看不真切。我曾经在伊犁喀拉峻山谷的军马场里，追星一样追马走了十几里地，可是没有一匹能让我仔细端详。

无法可想，还是上网查马的眼睛的照片吧。谁知这一查，有图有真相，一下子就解开了我的疑惑。从马眼睛的诡异的虹膜中

韩幹《十六神骏图》局部（左上）、《清溪饮马图》局部（左下）、
《圉人呈马图》局部（右）

马瞳

央，分明可以窥见那小小的、横的、长方形的瞳孔！——"方"当然包括了"长方"。

兴奋之余，我又搜到一篇刊登于 *Science Advances*（《走近科学》）上面的论文"Why do animal eyes have pupils of different shapes？"（《为什么动物的眼睛有形状不一的瞳孔？》）。该文图文并茂地介绍了动物眼瞳的不同形状，有圆的，有亚圆的，有竖的和横的。竖的瞳孔（vertical pupils）上下伸展，可以用狭缝（slits）来描述；横的瞳孔（horizontal pupils）水平延伸，却不能形容为狭缝，而是大致呈长方形（roughly rectangular）。噢，一个完美的答案！

有竖的瞳孔的一般是捕食者。马，还有绵羊和山羊之类食草动物，瞳孔是横的长方形，属于被猎物。其长方形的长与宽，比例可随眼球的收缩和扩张而变化，它们形成一个宽广的全景视野，便于从各个方向探测捕食者，并在崎岖的地形上前移。马的视野范围在320~340度之间，除了鼻端和脑后有一点盲区，基本不用转头就能看到周围的一切，包括身后两侧的大片范围，正是古人所谓"彻视八方"。

（五）

于是叹服：老杜写马，千古一人而已。他写得形神兼备，而非遗貌取神。说中国艺术重神似不重形似，会写意不会写真，那要看是什么时期，什么人。老杜可是兼"画工"与"化工"的。

他之于马，能得真赏，首先是因为看得仔细：他看见马耳像竹子劈削而成（《房兵曹胡马》："竹批双耳峻"）；他看见马的脚腕短而粗，蹄子高而厚（《高都护骢马行》："腕促蹄高如踣铁"）；他看见红色的汗珠从雪白的马毛里渗出来（《骢马行："赤汗微生白雪毛"）；他还看见马眼里紫色的火焰，以及火焰里那一对瞳孔，而且是方的。这真是"毫发无遗憾"，使造物无所遁形！陆龟蒙《书李贺传后》说：

天物既不可暴，又可抉摘刻削，露其情状乎？使自萌卵至于槁死，不能隐伏，天能不致罚耶？

难怪上天要罚老杜坎壈一生，谁教他眼光能抉隐发伏，笔力能穷形尽相，暴露了天物，泄露了天机？

马的瞳孔就那么一直方着在，是一个公开的秘密，平常人却狃于常识，囿于错觉，看不见或者没看见。从画的传统看，画马点方睛的历代也很少。宋人如李公麟《五马图》全都是圆瞳，宋末的龚开《瘦马图》眼瞳最圆满。但金元人则多有横的扁平瞳孔，如杨微的《二骏图》、赵孟頫的《进马图》、任仁发的《马图》和《九马图卷》局部，殊为难得。

从诗的传统看，老杜之后，也不乏诗人提到马的方瞳，却都是从杜诗套来的。如明前七子李梦阳《李进士归醉图》的"即论此马亦有种，画出紫焰方瞳真"，何景明《五马行》的"使君五马来月氏，方瞳夹镜光离离"，无非"拆洗少陵"而已。

用一个看似无理的"方"字，老杜写马的眼瞳精切不移，真是稳、准、狠，"虽一字，诸君亦不能到也"。按照香菱的说法，必得这一个字才形容得尽，"念在嘴里倒像有几千斤重的一个橄榄"。王维"长河落日圆"的"圆"字，好处被香菱讲得挺生动的。我今拈出杜甫"眼有紫焰双瞳方"的"方"字，说如上。

附　识

伯乐《相马经》早佚，后人引录皆片鳞只爪。承关长龙教授告知清人有辑本三种，也就搜得百余条佚文。1973年长沙马王堆三号汉墓出土了帛书残片，疑即《相马经》，得五千余字，主要是相眼，说是从马的眼眶眼角可相其材之高下。其中有一句，最与杜诗"双瞳方"相近："方眼深视，五色清明，其状类怒。"可惜"方眼深"三字为帛书整理者所增补。据何本而补，我一时无法查证。不过"方眼深视"说的还是"眼"，不如杜甫精确到"瞳"。

栀子花茉莉花

（一）

　　要说外语是打望世界的窗，方言便是安顿灵魂的床。20世纪80年代我在老家青阳中学教书，同事中有好几个上海人，见面都说上海话，那时候觉得在显摆，现在想起来，也不过就是相互取暖而已。方言可以标示身份，区隔群类，还要借助特定的机缘来传播。粤语时尚，是因为粤语歌大热；上海话流行，是因为上海知青散落四方。可一旦进入每一种方言的内部去考察，那些特殊的用语，有的很古，大多很土，哪有什么高低贵贱之分？吃了三年川菜，五年粤菜，在杭州又工作了二十年，我对几大方言区都略有认知。当然，对于我来说，最亲切的还是家乡的青阳话。

　　读张爱玲的散文《谈吃与画饼充饥》，里面说她到杭州楼外楼去吃螃蟹面，单把浇头吃了，又把汤滗了喝，剩下面条不吃。我觉得眼热，倒不是吃面只喝汤，而是为了那个"滗"字。青阳话至今还用这个字，字典里解释成"过滤"的意思，不够准确。应该是用勺子或者筷子把面条挡住，还适当挤压，把汤逼出来。

又读吴敬梓的《儒林外史》，第二十八回写有人不认得海蜇，诧异道："这进脆的是甚么东西？倒好吃。"青阳话也把吃的东西脆叫"进脆"，只不过不读第四声，而读第二声。

张爱玲的上海话是吴语，吴敬梓的全椒话是江淮官话。从方言分布上来看，青阳大部分属于江淮官话区，南边的陵阳和南阳则属于吴语区。所以，今天青阳人的口头还残留着许多江淮官话和吴语的因子。只要在书中发现到，都令我有他乡遇故知的感觉。

比如《金瓶梅》里，潘金莲动不动就说"我不好骂的"（二十三回），正是青阳人的出口腔。还有绸缎薄叫"嚣"（第七回），丑语丑事叫"磢"（二十一回），都让人想到青阳话里同样的形容，很薄叫"蒙嚣的"，不体面、可羞叫"磢死了""得人磢"。这些表达，我原以为只有青阳人嘴上说，书上面找不到的，居然找到了。但写出来竟是这些字，可见《金瓶梅》也是胡乱对付着用的。

但说起最地道的青阳话，也就是此处独有而别处所无，就难以举证了。问题仍出在不知道对应哪些字，只能注音。比如，青阳人把做事干练叫做［cè］，把喜欢炫耀冒泡泡叫做［zǎ］，把软弱或者怂叫做［hǎ］，都只能意会，却写不出来。孔子说，"言以足志，文以足言。言之无文，行之不远。"方言里的说法，要紧的是设法选好对应的字，否则就流传不开。

青阳方言有些非常独特，极富表现力。比如说膝盖。我留心过全国各地许多方言里关于"膝盖"的表述，真是五花八门，洋洋大观。四川话叫"磕膝板儿",东北话叫"波棱盖儿",皖北话叫"磕捞头",别处还有叫"格勒拜子""叩几包儿",等等。但是这林林总总的说法,我看都不如青阳话的 [suòluòpōzi],勉强写出来,大约是"索络坡子",简直是意大利语或西班牙语发音。但这个词非常形象:那"索""络"的叠韵,利索,活络,象征膝盖的灵活自如;"坡子"又喻示了那个隆起的关节。

又比如,青阳把小姑娘叫做"小mānnī",大约可以写作"小嫚妮"。别处方言都是单说一个"嫚"或一个"妮"。比如青岛人现在还把十几二十岁的女孩叫"小嫚",元代关汉卿有杂剧《诈妮子调风月》,伶俐刁蛮的女主角燕燕被称做"妮子"。从字义上说,"嫚儿""妮儿",或者"嫚子""妮子",都是女孩子的昵称。"嫚"本有轻慢的意思,但"嫚嫚"又是柔美的样子。"妮"从"尼",而"尼"古同"昵",《说文》解为"从后近之也"。所以"妮"是指喜欢缠绕大人的小女孩。青阳话里的"小嫚妮",便是集合了亲昵与轻慢两个方面的要素,倒是符合孔夫子的古训:"唯女子与小人为难养也。近之则不逊,远之则怨。"就像是针对青阳小嫚妮说的,特点正是难伺候。你对她亲近点,她就没大没小的;你对她疏远呢,她就翘气——翘气也是青阳话。

还有一个绝妙的青阳土话,大俗,大雅,音义两洽的写法我认为是"指花扯蕊",意思是讲话不着边际,讲不到点子上,或者故意不讲到点子上,来掩饰正题。是胡扯,但不是说谎,说谎青阳话叫"扯黄撩白"。《金瓶梅》第二十一回西门庆骂潘金莲"单管胡枝扯叶",跟"指花扯蕊"比较接近,属于"王顾左右而言他"，即言他事以淆乱对自己不利的话题，带有忽悠人和蒙混过关的主观意图。类似"指花扯蕊"的说法，青阳人又叫"栀子花茉莉花"，意谓东拉西扯地试图转移对方的注意力。两种说法都非常形象，极具修辞感。《哈姆雷特》里的老臣波乐纽斯开口说：

> 王上，王后娘娘，我要是谈论
>
> 什么是君上的尊严、臣下的本分，
>
> 为什么日是日，夜是夜，时间是时间
>
> 那无非是浪费日夜，糟蹋时间。
>
> 所以明知道简洁是智慧的灵魂，
>
> 冗长是乏味的枝叶，肤浅的花饰，
>
> 我要说得简短。……

王后急了，说："请多讲事实，少讲究文采。"这话太平实了。换了青阳老板娘，会用同样讲究文采的语言打断对方："别跟我栀子花茉莉花的指花扯蕊！"

方言的表现力往往无可替代。从前为标准语供血的是方言，现在应该是网络用语吧。但网络用语有时间感，没地域性。如今有许多孩子，聪明伶俐成绩好，可就是不会说家乡的方言，我便替他惋惜。只会说普通话的人，怎么看都像个塑胶人，来历不明，去向可疑，是做世界公民的好材料，好比玻璃缸里养的金鱼。而方言给人底气，标明你这个产品的产地，指向你生长的那一方水土。所以，四川话里头有花椒味，山东话里头有大蒜味，陕西话里头有臊子味，闽南话里头有蚵仔味。我的青阳话里有什么味呢？哎，不要栀子花茉莉花了，就此打住。

（二）

上文写完，想起方言问题不那么简单。方言离不开本土，就像瓜儿离不开秧。可是到了新地方，没人懂你的家乡话，话到嘴边也只好咽回去。普通话，标准音，于是上场。

英国近年来风头最健的牙买加裔小说家扎迪·史密斯（Zadie Smith），在奥巴马当选总统后不久，到纽约做过一场题为《南腔北调》（Speaking in tongues）的演讲。一开头她就自我调侃，说自己的英语讲得还算字正腔圆。好不容易在剑桥学会了这腔调，不瞒你说，就是为了做一个凤凰女，因为高枝上的人都是这样说话的，都是清晰划一的RP腔调。男男女女跑到伦敦，总是想方设法掩盖自己口腔里的可可味或咖喱味，免得招供出自己的背景和阶层。这可不是那么容易的事儿，所以，要想损一个久住伦敦的外乡人，最快捷的办法是恭维对方：您的口音一点都听不出来了耶！

然而扎迪·史密斯最佩服的是奥巴马，有语言天赋，黑白通吃，雅俗共赏，为大众说话还能说大众的话。这使她相信，"舌头灵光，事事灵光。"（flexibility of voice leads to a flexibility in all things.）话说得灵光，就能把事办得妥当？我看不一定。就拿英国来说，从伊顿到牛桥，多少瓜娃子自小就学会了用满嘴玻璃刻花一样精准的吐字，以及快到让人反应不过来的语速，来举行辩论赛，来解释、辩驳、攻讦、说服，历练成布莱尔、卡梅伦这种领带笔挺的帅哥，到议会里一展口才，轻轻松松把政治给玩了——有时也给玩坏了。前一阵英国新任首相鲍里斯·约翰逊发表演说，陆兴华在朋友圈转了视频，给了差评：

> 上过牛津剑桥，也就那样，就是能在每个字的发音上向众人做出示范，也就是格外用力到每个音，仿佛这个字是他的私有财产，使常人感到自己居然咬得不够准，而无地自容。你叫他做个酸菜鱼，保准难吃得要死。照布迪厄的说法，这就是权力的来源！发音比你清晰，就能统治你。

纯正的口音自带光环，却有一种冒犯人的优越感，结果是话说得越漂亮，越不招人待见。赫尔岑在《往事与随想》里提到过一个老小姐，"讲法语准确到令人讨厌的程度"。法语在旧俄是先进文化的代表，当然也是权势与财富的象征。温文尔雅的贵族说起俄语来，个个像大老粗，因为只能从仆人那里学。所以无产阶级革命，首先就要革掉高贵的舌头的统治。斯大林的俄语据说有浓重的格鲁吉亚口音，难怪他一票否决：语言没有阶级性。

在中国，CCTV普通话的待遇可没BBC那样好。曾几何时，辣椒腔和花椒腔有着一言九鼎的重量，电影里也只有领袖才讲方言。社会上一般的情形，话事的也都用广普、川普、苏普，没有用标普的。口音里的臊子味或蚵仔味，说明本色出演，接地气，亲和。普通话说得哪怕像播音员，也没有人高看你一眼，除非说一口很溜的外语。

说到外语，跟方言和标准语经常形成一种奇妙的纠缠。一个人的方言是其真正的"母语"，而CCTV或BBC语音属于人造的公用语言，姑且称之为"公语"吧。所以学外语也有标准语的"外公"与方言的"外婆"之别。徐志摩1919年的《留美日记》里，11月7日记中国学生开会，"到会一个美国人，叫Price，去中国住过十七年，桐乡七年，一口嘉兴白，比我说得还强些，妙绝。"相映成趣的是12月4日的一条，也记开会，主席杨大姐"勉强来上一口无锡英文，竭蹶万分，但总算过得去。"

看来，学一门外语，倒有三个境界。第一个境界是杨大姐无锡英文式的，把别国的"公语"学得来像自己的"母语"；第二个境界是循规蹈矩而又出类拔萃的，学别国的"公语"像自家的"公语"；第三个境界则是学公得公，学母得母，安能辨我是雌雄，那是到了扑朔迷离的化境。徐志摩遇到的Price如此，我有幸见过的Jameson也是如此。Jameson是美国人，中文名叫简慕善，哈佛博士，在香港中文大学教港人学中文，普通话比我好太多。有一次在饭桌上，他指着蔬菜说，"vegetable"听起来就像上海人说"饭吃太饱"一样。又有一次在大学超市里，我正在看墙上的招贴，背后传来一声粤问："雷睇乜？"一回头，却是这位白肤银发的慕善公！

照理说，这三个境界可以拾级而上，但也有每况愈下的例子。20世纪20年代，叶公超自新大陆留学回来，在清华园里能用扬基佬的俚语粗口与邻家的美国小孩对骂。30年代末，他在西南联大任外文系主任，教过大一英文。据学生许渊冲的日记，1939年2月8日的课堂上，叶公超叫大家读课文，"学生才念一句，他能说出学生是哪省人；学生念得太慢，他就冷嘲热讽，叫人哭笑不得。"可是，6月24日晚，外文系开联欢会，"叶先生用英语致辞，英国教授燕卜荪朗诵了他的诗，四年级同学演出了一台英文短剧。比起燕卜荪来，叶先生和毕业班的英语说得都不流利，使我觉得叶先生严于责人，宽于责己。"

许渊冲提供的并非孤证。当年他的同桌是杨振宁，上课提问曾经被叶公超不客气地反问而从此闭嘴。六十年后，在香港中文大学逸夫书院给杨振宁颁授荣誉博士的仪式上，Andrew Parkin教授（中文名姜安道）撰写的赞辞特别提到：尽管大学时遇见的英文老师不好，但杨振宁刻苦自学，熟练地掌握了这门日后对他极为重要的语言。我记得金圣华教授宣读到这里的时候，杨振宁同学在一旁颔首微笑，他一准想起来了当年课堂上的叶老师。从说英语如"母语"，退步到连"公语"都说不地道，钱锺书说叶公超"太懒"，并没有冤枉他。

善歌如贯珠赋

　　歌声动听。但是写歌声怎么动听，却很难。古人常常以此练笔，想因难见巧。如"善歌如贯珠赋"，同一命题唐代就有元稹、李绅、刘鹭等好几篇作文，可惜都不甚出色。我今借用这个现成的题目，是想比较一下一中一外的两个文本，都写歌声而写得特别精彩。一个是汉末建安文人繁钦的《与魏文帝笺》——连带着我也讲一讲魏文帝曹丕的《答繁钦书》，另一个是屠格涅夫《猎人笔记》里的一篇小说叫《歌手》。屠格涅夫我们比较熟悉，先说繁钦。

　　繁钦（繁读pó），字休伯，颍川人，以文才机辩得名，长于书记，尤善为诗赋。曾任丞相曹操的主簿，相当于秘书长。繁钦在建安文人的集团里排名靠后，但他留下来的诗文都非常好，如《定情诗》及这篇《与魏文帝笺》。据《文帝集》序云："上西征，余守谯，繁钦从。""上"指曹操，繁钦跟随他西征马超，直至安定郡（今甘肃镇原南），时在建安十六年（211）。凯旋的路上，繁钦给据守谯城的五官中郎将兼为丞相之副的曹丕写了一封短笺。

他出身于富有音乐修养的繁氏家族。至今开封市区的东南还有一座繁台，上有繁塔。据《旧五代史》，"是台西汉梁孝王之时，尝按歌阅乐于此，当时因名曰'吹台'。其后有繁氏居于其侧，里人乃以姓呼之"。"吹台"即"歌吹""鼓吹"之台。繁氏聚族而居"吹台"四近，对音乐的爱好和修习可知。所以繁钦这封信不谈军国要务，却讲他见识到的一位稀世歌手，也就不奇怪了。

至于屠格涅夫，音乐造诣尤高。他一生对西班牙歌唱家波琳娜·加西亚的迷恋，是文学史上有名的轶事。从1847年起，屠格涅夫追随波琳娜夫妇到欧洲，每天以读报纸上关于波琳娜的巡演评论为乐，坐在包厢里听她唱歌更是他最高的享受。想必他在心中已对波琳娜的演唱艺术描摹过千百回。在他1852年出版的短篇小说集《猎人笔记》里，有一篇《歌手》，描写了一场在乡村小酒馆里面的唱歌比赛，歌手所展现出的艺术天赋与感染力令人难忘。亨利·詹姆斯视这篇小说为"一首完美的诗"，德·米尔斯基也认为它代表了屠格涅夫的最高成就，"其每一个字、每一句话均散发着绝对的轻盈和简洁"。据说原作的语言极为优美，就算从译文中也能感觉得到。我这里用的是丰子恺的译文。

两个文本，写歌声之动人，真是机杼莫二，波澜则一，足见文同此心，艺同此理。

（一）旷野深喉

繁钦的《与魏文帝笺》，一开始说，最近屡次上书，却不足以表达我的感情。然后直入正题：

> 项诸鼓吹，广求异妓。时都尉薛访车子，年始十四，能喉
> 啭引声，与笳同音。白上呈见，果如其言。即日故共观试，乃知
> 天壤之所生，诚有自然之妙物也。潜气内转，哀音外激，大不抗
> 越，细不幽散，声悲旧笳，曲美常均。

说是不久前各位乐官（"鼓吹"）到处寻访有特殊才艺的人，发现都尉薛访的驾车人，年龄才十四岁，能够引吭高歌，与胡笳同音。汇报了丞相大人并呈上一见，果然像所说的那样。当天特地一起听他试唱，方才晓得天地之间生出如此奇妙之人。他仿佛潜藏着一股气在体内回转，向外激发出感人的声音，声音很响亮却不高得过度，有时很轻很细但并不暗昧松散，歌声比胡笳更动人，也比众曲更好听。——这描写歌声的几句，用现代汉语解释起来就稀松平常了。但原文却偶对整炼而精切。"潜气内转，哀音外激""大不抗越，细不幽散""声悲旧笳，曲美常均"，三组皆对，"内"与"外"，"大"与"细"，充满矛盾的调和。

繁钦所说的都尉，是品秩两千石的官，汉末多设于边区或属国，所以这位薛访都尉估计是远在陕甘任所，他的"车子"能歌才不为人知。《左传》里就出现过"车子"，指驾车之人。按照范子烨的解释，这位驾车的十四岁少年应该是匈奴血统，因为后汉三国多有匈奴人为"车儿"的记录，因熟悉马性而善驾也。某一族群专事某一行当，在多民族社会常见。这个说法确有道理，因

为如我们后面所说，草原民族更有唱歌的天赋，比如俄罗斯草原上的人。《歌手》里的雅科夫，绰号又叫"土耳其人"，是土耳其女俘所生。突厥人不也是像匈奴一样出自中国北方的草原民族吗？屠格涅夫写雅科夫深深地透一口气，然后唱起来：

> 他最初唱出的一个音微弱而不平稳，似乎不是从他胸中发出，而是从远处传来，仿佛是偶然飞进房间里来的。在这第一个音唱出之后，第二个音就跟上来，这个音比较坚定而悠长，但显然还是颤抖的，仿佛弦线突然被手指用力一拨而响出之后终于急速地静息下去的震动声；在第二个音之后，又来了第三个，然后渐渐地激昂起来，扩展起来，倾泻出凄凉的歌声。他唱着：《田野里的道路不止一条》，我们大家都觉得甘美而又惊心动魄。我实在难得听到这样的声音：它稍稍有些微弱，仿佛有些发颤；开头甚至还带有一种病态的感觉；但是其中有真挚而深切的热情，有青春，有力量，有甘美的情味，有一种销魂而广漠的哀愁。俄罗斯的真实而炽烈的灵魂在这里面鸣响着，它紧紧地抓住了你的心，简直抓住了其中的俄罗斯心弦。歌声飞扬，四散飘荡。

微弱、颤抖、坚定、悠长、激昂、扩展、飘荡……屠格涅夫将抑扬婉转的歌声绘出了整个的曲线图。

但在雅科夫之前，已经有一个歌手唱过了。作为陪衬，铺垫，托，屠格涅夫叙述了一位跟雅科夫打赌的歌手，是一个三十来岁城市里的小包工头，他唱的是抒情男高音，屠格涅夫特别用了意大利语的tenore di grazia，以示其专业特征：

> 且说，包工走上前来，半闭着眼睛，用极高的假嗓子开始唱歌了。他的嗓音虽然有点沙哑，但是十分甜美悦耳；他的歌声婉转回旋着，仿佛陀螺一般，从不断地高音转向低音，又不断地回到高音上，然后保持着高音，尽力延长下去，终于停息了，接着又突然以豪迈奔放的勇气接唱起以前的曲调。他的曲调的转折有时很大胆，有时很滑稽，这种唱法能使内行人得到很大的快感。

雅科夫唱歌凭天赋，小包工唱歌凭技法，后者虽竭力卖弄，加了许多装饰音，最终还是天赋胜过了技法。只有比较，才能鉴别，繁钦也深谙此理，他也安排了一场比赛：

> 及与黄门鼓吹温胡，迭唱迭和。喉所发音，无不响应，曲折沉浮，寻变入节。自初呈试，中间二旬，胡欲傲其所不知，尚之以一曲，巧竭意匮，既已不能。而此孺子遗声抑扬，不可胜穷。优游转化，余弄未尽。

东汉有"黄门鼓吹"，为禁中四品乐官。可注意的是"温胡"，明确点明是胡人身份。他是学院派的技法，训练有素，与车子迭相唱和，彼此引逗、回答，如响斯应。真是棋逢对手，他们从喉咙里发出声音来，曲折婉转，高低沉浮，无论旋律怎样变化，每一个音都落在节拍上。可以想象"温胡"的表现欲了，他不能被一个十四岁的雏角儿抢了上风。

大约首场唱和比赛堪堪打了个平手。车子初试啼声之后，隔了二十天，温胡想倾其所学，卖弄车子所不知的技法，来赢回自己的骄傲，所以用一曲新歌胜过他（"尚之"也就是"上之"）。情形就像《歌手》里的那位：

> 包工为全体听众欢欣的表示所鼓舞，简直就像旋风似的呼啸起来，而且开始附加花腔，莺啼一般、打鼓一般弄着舌头，发狂地运转着喉咙，终于疲倦了，脸色苍白，浑身都是热汗，于是他全身向后一仰，放出一个最后不绝如缕的声音。

屠格涅夫说包工"发狂地运转着喉咙"，繁钦也说车子"能喉啭引声，与箫同音"，都强调了喉咙的发声。范子烨在《对繁钦〈与魏文帝笺〉的音乐学阐释》一文中，毫不迟疑地将车子的唱法称为"呼麦技法"（khoomei）。khoomei一词原义即为"喉咙"，泛指各种喉音，同时也指喉音技法中偏中到高泛音的特殊唱法。他不免有些过度地阐释道：

> 但是，温胡面对稚嫩的车子，虽然穷尽了歌唱的技巧（"巧竭"），但在感情的音乐表达上还是非常匮乏（"意匮"），因而不能挽回败局。因为温胡的歌唱是普通的唱法，即依靠主声带震动发音的唱法，而车子则是有假声带参与的呼麦唱法。车子的"引

声"相当于胡笳演奏的持续低音，而"喉唛"则是同时用气流冲击口腔、震动声带而不断形成泛音的循环性发声过程，相当于笳音的高声部。

温胡已然技穷，而这十四岁的孩子"遗声抑扬，不可胜穷。优游转化，余弄未尽"。曲调无尽，变化无穷，真是余勇可贾。关键是他一点儿都不勉强，优游自在，从容如意。如果说第一场唱和，温胡还能够亦步亦趋，往返应答，现在，车子已经奔逸绝尘，温胡却像一匹驽马望尘莫及了。他差得不是一点点。雅科夫也清楚自己已经把对手甩在身后了：

> 雅科夫显然已经如醉如狂了：他不再胆怯，他完全委身于幸福；他的声音不再战栗——它颤抖着，但这是一种不很显著的、内在的、像箭一般刺入听者心中的热情的颤抖，这声音不断地增强、坚定、扩大起来。他唱着，他的歌声的每一个音都给人一种亲切和无限广大的感觉，仿佛熟悉的草原一望无际地展现在你面前。

唯有广袤，才能深沉。巴别尔有一个短篇《伊凡和玛利娅号》，写伏尔加河流域的大草原上，小伙子谢列茨基的歌喉有非凡的力量，嗓音能无限地、极度地扩展，荡涤着一切，又孕育着一切。正如车子和雅科夫的深喉，都是辽阔无垠的大草原赐给他们的恩物。

（二）哀感顽艳

写作者似乎有一个不宣之秘：去描写人们对艺术、对美的反应吧，不要去描写美与艺术本身。荷马不直接写海伦的美，而通过元老院的赞叹就能呈现。如此投机取巧，却能事半功倍。但我至今对罗敷的美没感觉，只记得吃瓜群众忘了吃瓜的窘相。我认为，最好的办法是既正面写出艺术与美所展示的过程及其本身的魅力，也侧面写出观赏者的反应。正如白居易的《琵琶行》，既写"大珠小珠落玉盘"，也写"江州司马青衫湿"。繁钦和屠格涅夫都是这么做的。《与魏文帝笺》接下去说：

> 暨其清激悲吟，杂以怨慕。咏北狄之遐征，奏胡马之长思，凄入肝脾，哀感顽艳。是时日在西隅，凉风拂祛，背山临溪，流泉东逝。同坐仰叹，观者俯听，莫不泫殒涕，悲怀慷慨。

若车子是匈奴人，本身就是"北狄"与"胡"，故其歌声有"胡马依北风"和"绵绵思远道"的意境。五臣注《北狄征》《胡马思》皆古歌曲，不足据。其声如怨如慕，清激悲吟，"凄入肝脾，哀感顽艳"。这后四个字，尤其成了评鉴家的套语。但这套语用的人虽多，却难得正解。今人顾随和钱锺书不谋而合，都说到了点子上。顾随说：

"哀感顽艳"，"顽艳"，五臣注："顽钝艳美者皆感之。""感均顽艳"一语，由"哀感顽艳"来。"凄入肝脾，哀感顽艳"，"哀"对"凄"，"入"对"感"而言，"肝脾"对"顽艳"。句子有并列的，开合的。"肝""脾"并列，"顽""艳"开合。

顾随认为，近代出版物把"哀感顽艳"都讲成形容词，绝不可如此讲。钱锺书也说，"哀""感""顽""艳"并列为品藻之词，是不求甚解。而顾随说"开合"，却不如钱锺书所称的"互文"更明白易懂。钱锺书说：

> 两句相对，"顽、艳"自指人物，非状声音；乃谓听者无论愚智美恶，均为哀声所感，犹云雅俗共赏耳。"顽"、心性之愚也，"艳"、体貌之丽也，异类偏举以示同事差等，盖修词"互文相足"之古法。……曰"顽"，则"艳"者之心性不"顽"愚也，曰"艳"，则"顽"者之体貌不"艳"丽也；心体贯通，故亦各举而对以相反。

听者无论愚智美恶，均为歌声所感动。这是抽象的、概括的说法，接下去才是具体的描写：正夕阳西下，溪水东流，凉风拂襟，一座人听歌声抑扬婉转，皆仰头叹息，低头拭泪。繁钦的"同坐"未知其愚智美恶，想必都是"艳"而非"顽"的高贵一群吧。反而在屠格涅夫的《歌手》里，有对"哀感顽艳"最到位的注解：

我觉得泪水在心中沸腾，从眼睛里涌出；忽然一阵暗哑的、隐忍的哭声使我大吃一惊……我回头一看，酒保的妻子把胸脯贴在窗上，正在哭泣。雅科夫急速地向她一瞥，唱得比以前更加响亮，更加甘美了，尼古拉·伊万内奇低下了头，"眨眼"把脸扭向一旁；浑身软化了的"笨蛋"呆呆地张开了嘴巴站着；那个穿灰色长袍的农民悄悄地在屋角里啜泣，悲戚地低语着，摇着头；连"野老爷"的铁一般的脸上，紧紧地靠拢的眉毛下面，也慢慢流出大滴的眼泪来；包工把紧握的拳头放在额前，身体一动也不动……要不是雅科夫在一个很高的、特别尖细的音上仿佛嗓子崩裂了似地突然结束，我真不知道全体听众的苦闷怎样才能解脱呢。没有人喊一声，甚至没有人动一动。

都是"顽"而不"艳"的下里巴人："笨蛋"不就是"顽"吗？"眨巴眼"也是"艳"的反面。但这些唱歌之前闹哄哄、乱糟糟的一群听众，全都被艺术的力量所征服，用泪水洗涤了灵魂。

而且，雅科夫歌声是"凄凉""哀愁"的，怎么又说是"甘美"呢？"甘美"又怎么会催人泪下呢？正如嵇康的《声无哀乐论》说的，"和声无象而哀心有主"，音乐本身是没有悲喜的，只有高、低、大、小、快、慢的变化而已。人们听音乐能听出悲喜，是因为心里本来就有悲有喜了。听音乐而过于平静或癫狂，都算不得知音。真正的知音是聚精会神地去领略音乐本身的美。外行人才触绪动情，据声拟象，而这正是文人写乐歌的长技，因为音

善歌如贯珠赋

乐无法对应文字，只能作种种联想。从这个意义上来说，"哀感顽艳"中的"哀"字，无非是说声音之惊心、动魄、销魂，未必就同于"凄"。顾随说，魏晋六朝用"哀"，即感动人心之意。钱锺书也认为，描述性的"哀"就是评估性的"好"。但问题在于，人类对美好的艺术的反应，总是以悲哀为上。所以繁钦的听众"莫不泫泣殒涕"，而屠格涅夫的听众也都哭得稀里哗啦了。

（三）飞来横腿

繁钦《与魏文帝笺》结尾说：左駢、史妠、睿姐等有名的乐手，全都说此人唱歌不同凡响，真是闻所未闻，见所未见。我想您多有所爱，十分好奇，所以我先写这封信，把经过讲清楚，我猜您听到这些，也会很高兴的。希望我早点完成任务，赶紧回到您身边，一起来欣赏此人唱歌。欢宴的喜乐想必不可限量。死罪死罪。

曹丕收到，果然"披书欢笑，不能自胜"。他肯定了车子"奇才妙伎，何其善也"，也肯定了繁钦"其文甚丽"，但却认为他言过其实了。为什么？因为他正好也见识了一位高手，唱得比车子还要好。

无形中，这是另一场比赛。高手是守宫士孙世十五岁的女儿孙琐，不仅能歌，而且善舞：

是日戊午，祖于北园，博延众贤，遂奏名倡。曲极数弹，欢情未遑，白日西逝，清风赴闱，罗帏徒祛，玄烛方微。乃令从官引内世女，须臾而至，厥状甚美：素颜玄发，皓齿丹唇。详而问之，云善歌舞。于是振袂徐进，扬蛾微眺，芳声清激，逸足横集，众倡腾游，群宾失席。然后修容饰妆，改曲变度，激清角，扬白雪，接孤声，赴危节。于是商风振条，春鹰度吟，飞雾成霜。斯可谓声协钟石，气应风律，网罗韶濩，囊括郑卫者也。

"祖"指饯行。"欢情未遑"，不尽兴。"玄烛"指月亮。"引内"通"引纳"。"韶濩"为殷汤之乐，代指雅正的庙堂音乐；"郑卫"为桑间之音，属于淫靡的民间小曲。顾随认为，曹丕这篇答书，写歌舞较繁钦之来书更佳。繁钦没写舞，自然不可比。但写歌的文字，我认为曹丕的套话稍稍多了点，如"声协钟石，气应风律，网罗韶濩，囊括郑卫"等。但无论写歌还是写舞，曹丕有两处表达，写欣赏过程中出现的幻听与幻视，真是空前绝后。

先来看写舞的句子。孙琐先是且歌且舞。她抖动着长长的衣袖缓缓入场，然后扬起眉，微微扫视了一下全场，像是体操运动员给出一个提示的信号。然后，一边唱，发出芬芳的声音，清越而激扬，一边跳，像芭蕾舞演员一样起跳，一只脚碰着另一只脚。——曹丕的用语很夸张，"逸足横集"，这难道不是独舞吗？一个人的两只脚，怎么纵横交错得起来呢？前人无解，我试为之解。"横"本来兼有"纵横"的意思，"集"原写作"雥"，是群鸟落于树上，引申为"会合"。故"逸足横集"就不可能是一两只脚，而是好多只脚在纵横交错。可以想见孙琐出腿之快，是刷刷刷的无影连环腿，在观舞者的视网膜上产生了视觉滞留（persistence of vision）。如杜尚的《下楼梯的裸女》，一个人走成了四五个人。《格列佛游记》里小人国的皇帝能以微知著，看到钟表上分钟的移动。难道曹丕这位未来的皇帝也有特异功能，能把时间上连续的动作压缩、并列在空间里？这种用文字把握感官的瞬间现实的本领，魏晋南北朝不少文人还真的有。庾信《谢滕王赉马启》中的"流电争光，浮云连影"，写骏马逸足，跑起来一个一个的影子连起来了。又如鲍照《舞鹤赋》的"轻迹凌乱，浮影交横"，写仙鹤迅舞，舞起来影子也错综交织在一块儿了。孙琐的高频率的跳跃动作，在曹丕眼中，于一刹那间停滞、叠加，然后再现了。

再看写歌。前一场歌舞以"群宾失席"为结束（"失席"就是离开座席，是"观者如山色沮丧"的极致表现），然后，孙琐取适中的清角调（《韩非子·十过》认为声音之悲，清徵不如清角），唱高雅的《白雪》歌。这就是"改曲变度"。"孤声"是清泠的高音，"危节"是陡峭的节拍，她都如履平地。当此际，歌声如秋风拂动了枝条，春鹰（一作"春莺"）一边飞翔一边鸣啭，声如雾珠飞散开，又瞬间凝结成霜霰。这大约像《老残游记》写白妞说书的最后："一声无限飞起，即有声音俱来并发""耳朵忙不过来，不晓得听那一声的为是"吧。"飞雾成霜"形容歌声之繁密与清泠，真是绝无仅有。从来写声音圆美，都比拟成珠。《礼记·乐记》早有"累累乎端如贯珠"的说法。而元稹《赠沈学士张歌人》的"光明滴水圆"，联想到了水珠；李贺《恼公》的"歌声春草露"，又联想到了露珠。可他们都没想到更细碎的雾珠。用雾珠来比喻纷繁弥散的歌音，那是从胸腔和歌喉里持续震荡的颤音了。而飞雾凝结成霜，形容歌声的高冷清绝，又是何等自然而神奇的变化。

如此精微的体会，如此精妙的呈现，曹丕自负"吾练色知声"，一点不假。三曹堪称音乐世家。曹操就素称"好音乐"（《曹瞒传》）；曹植曾制鱼山梵呗之谱，为东土佛教音乐之始；曹丕也能"抚筝和歌"（《古今乐录》引）。现在，曹丕把孙琐的歌声悬为最高，"岂能上乱灵祇，下变庶物，漂悠风云，横厉无方。若斯也哉，固非车子喉转长吟所能逮也"。曹丕好胜心切，不欲人居己上。显然他写这封答书，也想在文采上压倒繁钦。于是这两封书信，一来一回，前后映照，在繁钦安排的温胡与车子的比赛之后，曹丕又设置了最后的竞争与优胜者。两封信其实是上下文的关系，构成一个富有戏剧性的整体，"若离若合，将绝复续"（晋成公绥《啸赋》），"似将绝而更连，疑欲止而复举"（唐谢偃《听歌赋》）。

相形之下，屠格涅夫《歌手》的结尾却令人诧异。大家都喝得烂醉了。"笨蛋"脱了上衣在跳花样舞，"眨眼"像虾一样浑身通红，张大鼻孔在屋角恶毒地笑着。而歌手雅科夫呢，"他袒露着胸膛，坐在长凳上，正在用嘶哑的嗓子哼着一支庸俗的舞曲，一边懒洋洋地弹拨着吉他的琴弦"。德·米尔斯基有理由认为，"这场饮酒狂欢无疑冲淡了唱歌比赛给人留下的印象以及歌手体现的高度的艺术天赋"。

但是，话说回来，屠格涅夫也许正要给我们生活的实录、世界的真相。就像亨利·詹姆斯在评屠格涅夫的长文中说的，对这位小说家而言，美是销魂而难得的，一个处在更完美状态的世界偶尔会露出一点儿丑态，那只不过是人物在各按其应有的习性在走动、说话。"作者无处不在暗示，人类天性中有着某种本质上的荒谬的东西，某种人力所无法将其驱除的东西。"屠格涅夫也不打算驱除，就像把不和谐音从一支曲子里剔除。他保留令人难堪的经验，他不写"纯诗"。在《歌手》里，恰恰就是这些顽劣的人，在艺术的神奇点化下，突然像婴儿一样纯洁无助了。这就是"上乱灵祇，下变庶物"的艺术之功用，使一群下里巴人焕发了人性的光辉，哪怕时间很短，哪怕短时间过后就故态复萌，又给蒙上了命运的灰色尸布。唯其人性的本质糟糕如烂泥，音乐的星星才格外明亮圣洁。

文学研究中的诗意

想当年，我本来是想到中文系去的，结果阴错阳差去了国际文化系。十七八年过去，我渐渐觉得也没什么区别，因为英美上岸的英语系，都渐渐变成了英语文化系。我们的中文系，全名叫作中国语言文学系的，也大可以改成中国语言文化系了。为什么这样说呢？因为除了考据训诂，文学研究已经差不多没有了，变成文化研究了。文化已经把文学吃掉了。所以，今天要说的话题，文学研究的诗意，让我很尴尬。按照我的理解，这里的诗意，同实而异名，也就是文学性。诗意和文学性是毛，文学研究是皮。皮之不存，毛将焉附？但我还是勉为其难，说一说文学研究的诗意吧。

1963年，乔治·斯坦纳（George Steiner）写了一篇不长的文章，题目就叫《梅里美》（收入《语言与沉默》，李小均译，上海人民出版社2013年版）。梅里美是小说《卡门》的父亲，我至今还记得20世纪80年代初，读郑永慧翻译的《梅里美小说选》，柳鸣九的前言开头第一句话——"此人肯定具有某种独特的魅力"，一下子就把我抓住了。梅里美的魅力，斯坦纳的文章解释说，就在于他的简约和节制，用冷淡的口吻讲一个惊心动魄的故事。不记得谁说过，可是说得好：在别的作家将袖揎拳的地方，梅里美只不过动了一动眉毛。现在有一个字可以精确地形容了，那就是酷。但这一点是大家的共识，算不上斯坦纳的创见。斯坦纳写这篇文章，别有怀抱。在临近结尾时，他点题了，说爱伦·坡、史蒂文斯、梅里美，都是那种会讲故事的人，能够在炎炎夏日的二等车厢里信口说一个故事，迷住所有的乘客。19世纪过去了，最后这一批纯粹意义上的说书人消失了，叙事文学经典地位也就终结了：

> 在现代文学中，经过康拉德、詹姆斯、卡夫卡以及乔伊斯的作品所带来的重新评价，情节成为更具复杂意图的手段。故事本身已经降级成为意识形态、哲学或心理动机的载体。小说中的叙事或事件之链，退化成了现代小说大师悬挂意义的一条线。正如在詹姆斯和卡夫卡的作品中，虚构的故事往往消失在情节和象征结构中。且看一下最能表现现代模式的小说：卡夫卡的《审判》、詹姆斯的《金碗》、康拉德的《诺斯特罗莫》和福克纳的《喧哗与骚动》。它们的说服力有多少来自故事，来自"且听下回分解"的古老魅力？

斯坦纳的意思是，小说的魅力，文学的魅力，在20世纪退化了。在十分艰涩的卡夫卡、乔伊斯和福克纳等人的小说里，情节是手段，故事是载体，叙事是线，真正重要的是复杂意图、心理动机、意识形态、哲学，以及根本之根本的，意义。这样一个局面是如何导致的呢？请注意这样的表述：是"经过康拉德、詹姆斯、卡夫卡以及乔伊斯的作品所带来的重新评价"。是谁做出这"重新评价"的呢？20世纪英美上庠的英语系教授。是他们和他们指导的博士硕士，将小说、诗和戏剧，与社会、民俗、宗教、性别、种族、生态搞到了一起，使文学研究发生了所谓理论转向，转向了文化研究。

文学研究的诗意的消失，与文学的诗意的消失，是互为因果的。小说要有意义，严肃的小说要有严肃的意义，意义重大的小说要有意义重大的意义，于是小说完了。诗呢？当T. S.艾略特《荒原》发表并震撼诗坛后，威廉·卡洛斯·威廉斯认为这简直就是一场灾难，"它阻止我们植根于本土的发现而结出新的艺术形式之果，把我们重新拖回了教室"。只有在教室里，我们才能耐得下性子，打叠得起精神，去琢磨包括梵语在内的七种外语，以及神话结构、人类学著作、中世纪传奇等等。有人问乔伊斯为什么要用那种方式写《尤利西斯》，乔伊斯坏笑道，为了让批评家忙活三百年。所以，斯坦纳对20世纪的文学深感遗憾："它力求用高难度的技巧吸引我们的注意。语言的丰富，形式的多元，这些方面取得的伟大成就，有目共睹。但代价也很明显。"他认为，我们目前的"大师"实在太多，但他们很少人会通得过一场"说书人""编故事的人"的考验。

同样喜欢说书，小说家张大春对现代小说非常懊恼，因为作家丧失了往昔的书场传统，也就是无事生事的闲情、信马由缰的野性，一句话，抓得住人的扯功。他对当代小说批评动辄祭出诸如叙事观点、心理分析、神话原型、民族寓言、政治讽喻之类也大不屑。在《小说稗类》（广西师范大学出版社2004年版）中，他说，语言和语言的意义之间，小说和小说的指涉之间，只有似是而非的关系，怎么能刻舟求剑、胶柱鼓瑟呢？那岂不是——

> 小说家挽弓抻臂，一箭射出，批评家则尾随而发，在箭矢落处画上一个靶位，然后他可以向尚未追踪而至的读者宣称：这部小说表达了什么什么以及什么，符合了什么什么以及什么。

人们无法想象小说家会无的放矢，它一定有所指涉，一定有意义，这样一来，批评家可有活儿干了。当小说成为重大意义的载体，小说家的理想读者便换成了善于从小说中发掘出重大意义的学院派批评家。一旦能为作品提炼出指向神话原型、民族寓言、政治讽喻之类的宏旨，批评家马上就会像阿基米德光着身子从澡盆里跳起来：我找到了！我找到了！这就是今天小说家与批评家的共谋关系。写作与批评成为设套与解套的游戏。一想到这样的场景，加西亚·马尔克斯就在一边捂嘴窃笑，看批评们在黑暗中干蠢事开心得要命。他大概是对众多学者给《百年孤独》找到了那么多、那么重大的意义很不耐烦。他说，对这些批评家来说，落入圈套要比深入了解作品的重要因素更容易。

针对文学批评与研究在现代的变质，布朗肖（Maurice Blanchot）说：

附加象征意义的阅读会毁了作品。这样的阅读仿佛一把筛子，在评论之虫不知疲倦啃啮作品的过程中锻造而成，就为便于看到作品背后隐藏的国度，那世界难看清，为了拉它靠近，我们不是让自己的眼睛适应它，而是按我们所见所知改造它。(《未来之书》，赵苓岑译，南京大学出版社2015年版)

巴赞（Jacques Barzun）说：

读者在批评著述中见到的只有困惑：批评家应用他的方式进行"分析"，其目的不再是开启"欣赏"之门（事到如今，欣赏已经是一个糟糕的说法），而是只要显示这一点：放在显微镜下观察的艺术品与肉眼见到的东西完全不同。(《我们应有的文化》，严忠志译，浙江大学出版社2009年版)

巴赞说的，把艺术品放在显微镜下，企图观察到与肉眼所见完全不同的东西，也就是布朗肖说的，不是让自己的眼睛适应作品，而是想看到作品背后隐藏的国度，按我们所见所知改造它。

作品背后隐藏的东西，其实不难发现，有很多作者也已经预先埋设了诠释途径，只需要批评家以其所知的理论填充就行。文学理论三百款，总有一款适合你。这一边是叉得精熟或者夹生的女权主义、后殖民理论、生态批评，那一边是排排坐吃果果的张爱玲、汪曾祺、莫言，一人吃一个，莫嫌没滋味。我信手拟几个题目好了：《奈保尔小说中的文化记忆与身份认同》《论萧红小说的残疾叙事》《30年代海派小说中的都市景观研究》……你打开知网或万方查一查每年新出炉的硕士博士论文，看一看国家社科基金委和教育部申报立项的课题，就知道文学研究是怎样蜕变成文化研究，而且衍生出一项大产业的。它正批量产生出无数不知疲倦啃啮作品的"评论之虫"。而在这些"评论之虫"狂胪文献、细推意义的时候，他们的内心早已经哈欠连连。

文学的诗意是怎么失去的？可以说，自从文学找到了意义，就失去了诗意。要怪文学研究缺乏诗意，首先得怪文学缺乏诗意。文学家精心炮制的垃圾够多，但一点儿也不妨碍批评家悉心研究。请记住学术职场的金科玉律："垃圾就是垃圾，但垃圾的历史是学术研究。"我们都清楚，给一篇文章归纳段落大意和中心思想，初中生都干得来。而能够敏感文心，细察文脉，没有精微的体会和辨识是不可能的。此所以现在研究文学，有个中等资质就足够了，而有诗意的文学研究，非才智之士莫办。

近些年来，我喜欢读半个世纪前美国的几位文人（man of letters）型学者的书，埃德蒙·威尔逊（Edmund Wilson）、莱昂内尔·特里林（Lionel Trilling），还有前面讲到的乔治·斯坦纳等。他们是我心目中最好的文学研究者，是真正的饱学之士，是书斋中人而不是学院中人，是职业批评家而不是专业研究者。他们熟知市场上流行的各种成套的理论装备，却少用，慎用。他们聚焦于作家写得好不好，而他们自己的文章写得真是好。乔治·斯坦纳论利维斯（F.R.Leavis）的一段话，可以移评他自己及其同侪：

只要翻翻利维斯卷帙浩繁的批评著作，立刻就折服于其令人愉快的精确智慧，令人惊叹的文史知识。他的智慧与诗歌进行密切而微妙的交流，这是完全意识到的行为，在最好的例子中，这行为接近艺术。

现代中国也出现了极富活力的文学批评与研究类型，那就是将古典传统与西方资源结合起来，职业批评与作家批评结合起来，鲜活的文本分析与有机的理论阐述结合起来。中国的传统批评以感兴妙悟为重，而西方的文学研究以条分缕析见长，各有利弊。20世纪30年代以来，有许多学者能够综合两方面的长处，融会成现代中国的文学批评。朱光潜、梁宗岱、李健吾、李长之等较多西化风格，废名、顾随、俞平伯等更富传统特色，而钱锺书则斟酌中西而两相调和，成就最大。

这些年来我最喜欢的，是顾随的《东坡词说》与《稼轩词说》，俞平伯的《读词偶得》《清真词释》，以及废名一些说诗的小文。不错，这些都是赏析之作，而巴赞不是说了吗，"事到如今，欣赏已经是一个糟糕的说法"，但赏析其实是一种珍稀的能力，是一切批评研究的入门，也是极文章之壸奥的不二法门。没有高人指点，你就是捧着作品一字一字地读，也无由窥见其室家之好、宗庙之美。而废名、顾随、俞平伯能将中国的妙悟与西方的分析融合起来，身心整个儿沉浸在作品的世界中，手触摸到文本的肌理，与作者同呼吸，象忧亦忧，象喜亦喜，情绪被裹挟进去，而每每又跳脱出来，为你一一指证其得失所在，真是快意而过瘾。

总之，文学研究需要敏感、洞察，以及最重要的热情。对你的研究对象，你得爱，或者恨，也许是惋惜。李健吾有一篇《韩昌黎的〈画记〉》，写于1940年，不大为人所知，开头描写的他的中学国文老师，我一向觉得，应该是所有文学批评和研究从业者的模板。我不惮烦絮，抄两段在后面，来结束我这篇谈得很不到位的笔谈：

不记得是在中学几年级了，国文老师给我们讲韩昌黎的《画记》。他告诉我们学生，想做一篇好记事文，必须念熟这篇文章。讲到淋漓所在，他唯恐我们不明白字面的意思，千方百计来比样子给我们看。例如，讲到"骑而被甲载兵行且下牵者十人"，他手脚乱动的情形，差不多赛过我们在新世界喜欢看的文明戏法。越讲越忙，忙到后来，他自己也似乎头为之晕晕然。方才做完赶羊的姿势，忽然变成大元帅颐指下人的神气；一会儿他似乎要睡了，马上他提起脚要过河的样子，还没有跳过去，便仿佛坐在石头上脱鞋——一双永远不上鞋油的发灰的破黑皮鞋。学完人的行止，接着他就来学马。当然他不全学，因为有些词句让他想起他的尊严，例如"鸣者"，他便不鸣了。……先生好容易喘了一口长气，忘记给我们解释"讹者"的"讹"字了。他马上跳到他得意的句子"驴如橐驼之数，而加其一焉"。"橐驼三头"，那么，驴是四头了。先生说，韩昌黎造语变化莫测，像这里的驴，真可谓神乎其技了，因为，不然的话，造语就太质直了。说到这里，一位自作聪明的同学（他是桐城派的信徒）便说：照先生的说法，"隼一"，真是质而又直了。坏处是：这里紧跟着重复了上一句的"一"字。一位打油同学便说，这样改最好："隼如橐驼之数，而去其二焉。"

　　总之，我们全爱这篇《画记》。

顾随先生的讲堂

　　顾随先生教导我们，"书，无所不读，但要有两三部得力的"。在现代学人谈文论艺的著作中，顾随的书正是我最得力的两三部之一，浸润其中几十年，写文章动不动就引。有朋友提醒说，你别把他老人家的毛都薅光了。所以现在我引得少了，但他的书还是摆在我书架上最近的位置，随手取阅。

　　但顾随写得少，说得多。这说的部分，都收在叶嘉莹和刘在昭当年记录的讲课笔记里。最近出版的《顾随中国古典诗文讲录》（河北教育出版社2019年版），洋洋八册，说唐诗，说宋词，说《诗经》《论语》《文选》，我们读起来，就仿佛坐在顾先生的讲堂上，听他侃侃而谈。梁实秋曾说，听梁启超演讲和读他的讲稿之不同，犹如看戏和读剧本。顾随讲课，活龙活现，特别接地气，特别贴心，所以是出了名的叫座。据说当年在燕京大学任教的谢迪克（Harold Shadick）——《老残游记》的英译者，哈罗德·布鲁姆的老师——也曾去顾随的课上观摩学习。我们无缘亲聆謦欬，但现在拿到的是好剧本，效果也就"下真迹一等"，是非常难得的受用。这么好的老师，也难得有这么好的学生，叶嘉莹和刘在昭，她俩把当年老师上课的内容，记录得这么全，保存得这么久，真是奇迹。在致敬这位了不起的老师之前，我们先要向这两位了不起的学生致敬。

（一）

顾随，字羡季，笔名苦水，别号驼庵，河北清河县人。1897年生，四五岁时进入家塾，十岁进广平府中学堂，1915年通过了北大国文系的入学考试。据叶嘉莹说，校长阅卷发现他的中国文学水平卓异，建议他改学西洋文学。有人说是蔡元培，错，因为蔡元培任北大校长是在1917年初。不管怎么说吧，顾随于是先到了北洋大学预科专攻英语，两年后转入北京大学英文系。1920年夏毕业，先是教中学，1926年起执教于平津许多高校，特别是在燕京大学和辅仁大学都各执教了十年左右。1949年后，他分在天津师范学院任教，直至1960年去世。

四十年的教学生涯，弟子无数。周汝昌评价其师："一位正直的诗人，而同时又是一位深邃的学者，一位极出色的大师级的哲人巨匠。"使劲儿踮脚戴帽，却也是真心话。1947年初，叶嘉莹在所撰的顾随先生五十寿启中，说：

> 先生存树人之志，任秉木之劳。卅年讲学，教布幽燕。众口弦歌，风传洙泗。极精微之义理，赅中外之文章。偶言禅偈，语妙通玄。时写新词，霞真散绮。

这一段话，把顾随主要的成就都点到了：长于教学，精于文学和禅学，同时又是诗人（他曾与冯至同学约定，一个写新诗，一个写旧诗词曲，各不相犯）。"极精微之义理，赅中外之文章"，概括得最好。"义理"与"文章"并举，而不及于"考据"，但五四新文化运动的学术风气之变，首在"考据"，被认为是科学精神的体现，也成为胡适引领学术风气的原因。而顾随年资稍浅，所治又是旧传统所谓"词章之学"，"考据"非所究心，故不预五四以来的学术主流——他只在元杂剧方面做过一点辑佚校勘工作。说他"极精微之义理"，那也是词章里所表现的"义理"。

"赅中外之文章"的"赅"，意思是兼括。顾随所讲的好像只是中国古典的诗词文赋，但他出身北大英文系，西洋语言与文学的修养很好，英、法、俄等国的文学都熟悉。他经常在课堂上恰到好处地拈出英语的表述来画龙点睛。正是因为兼通中外，就更能反思中国文章的好处，和别国文学不一样的好处，同时也深知缺点之所在。所以，若论顾随对中国文学与中国学术的独特贡献，首要的一点就是：他是处在中西文论传统的中间，吸收了两方面的优点，而成就了他援西入中、既精且博的诗学。

西方诗学重体系，重分析，如20世纪的新批评学派，注重对文本条分缕析，一句诗能讲上半天，有时就会惹人生厌，觉得真啰嗦，真没有必要。中国古典诗学呢，素重感悟与兴发，历代的诗话、词话多为印象式批评，点到即止。你会欣赏他们的要言不烦，但是只给论点，不予论证，你的悟性要是跟不上，简直不知道说啥。总之，中国传统诗学的好处是精辟，缺点在空疏；西方诗学则以分析见长，而有繁琐之弊。这两种阐释模式，各自利病鲜明，合则双美。

所以，自从20世纪初中西诗学相遇之后，说诗者受西方沾溉甚深，而本身的传统学养也非常深厚，遂融会贯通而成为一种极富活力的现代中国诗学。20世纪三四十年代的学者中间，朱光潜、梁宗岱等西化程度较高，废名、俞平伯等传统色彩较浓。顾随是属于后一系列的，他与废名、俞平伯都出自周作人门下，但相比他俩，顾随不那么突出个人趣味，更显广大周正，我认为成就最高。他对诗的阐释，是西方分析思路加感悟兴发的中国固有谭诗方式有机融合的典范。

（二）

顾随当年的影响不大，因为著述偏少，最厚的论著如《东坡词说》和《稼轩词说》，加起来不到一百页。《揣籥录》长一点，也不到一百页。他说过，受禅佛影响的中国古代诗人，王、孟、韦、柳，产量都很少，因为佛教是万殊归于一本，以一当十。不受佛教影响的诗人，比如李、杜、韩、欧、辛，产量大，而且开合变化。顾随精通不立文字的禅宗，下笔自然矜持得很哪。

可他的言说是何等浓缩的精华！读他的书，让人想到庖丁解牛，"以神遇而不以目视，官知止而神欲行。依乎天理，批大郤，导大窾，因其固然"，真是游刃有余，将复杂的解析工作做成一场表演式的手术。他讲课，讲诗词，就像他说的，杀人要从咽喉处动刀。比如，他说南宋词，一个字，"瘟"。他说《聊斋志异》，也是一个字，"贫"。一个字不够，他就一句话。他说李太白"好像只要人一捧就好"，他说辛稼轩"叼住人生不放"，他说"韩（愈）之文就是气冲而已，一杠子把人打死，使人心不服"，他说鲁迅的白话文"收拾得头紧脚紧，一笔一个花"。这些精悍无比的概括，深得禅宗话头的真髓。

但顾随不光有禅师智慧，而且有菩萨心肠。他做事细心，教学生耐得烦。他论诗衡文喜欢单刀直入，却不是单凭直觉，而是经过了对无数文本的分析与归纳。你读《稼轩词说》和《东坡词说》，就能领略到他那剥茧抽丝的本领。如《东坡词说》讲"时下凌霄百丈英"的一个"下"字如何好，就能讲满八百字。《稼轩词说》讲"谁似先生高举，一行白鹭青天"，比老杜诗少用了一个"上"，真可谓"老婆心切"：

> 夫"一行白鹭"之用杜诗，其孰不知之？但若以气象论，那一首七言四句，排万古而吞六合，须还他少陵老子始得。若说化板为活，者位山东老兵，虽不能谓为点铁成金，要是胸具炉锤，当仁不让。"一行白鹭青天"，删去"上"字，莫道是削足适履好。着一"上"字，多少着迹吃力。今删一"上"字，便觉万里青天，有此一行白鹭，不搀拄，不抵牾，浑然而灵，寂然而动，是一非一，是二非二。莫更寻行数墨，说他词中上句"高举"两字，便替却"上"字也。盖辛词中情致之高妙，无加于此词者。

平常人哪里体会到这一步？昔日的诗话、词话一般也不会给你这么铺张奢侈的讲解。所以，读顾随的书，看上去薄，读起来厚，只能慢慢品尝，如秦会之所谓"作官如读书，速则易终而少味"。慢慢读来，也就发现，顾随讲诗说文，天花乱坠，好像照着文学史一路说下来，东一榔头西一棒，但却不是没有系统，或者说，体系。这个体系，细无不举，大无不包。从最早收集在《顾随文集》(上海古籍出版社1986年版)的《驼庵诗话》中，可以更清楚地感受到这一点。显然是叶嘉莹最初整理讲课笔记时提炼出来的，有"总论之部"，有"分论之部"。"总论之部"讲诗的成分有"觉""情""思"，讲中国诗可以分"气""格""韵"，讲中国文字的风致表现为"锤炼"与"氤氲"，这些都是体系性的认知。研究者想重建顾随诗学的整体框架，并不难。

他的诗学体系的核心，我认为，是文学即人学。如果强为之名，应该属于表现主义吧。顾随主张文学是人的生命的表现，他喜欢一切生活中的生动活泼的东西。在内容表现上，他注重"力""气""神"；而在文字表现上，他讲究"形""音""义"。这都是典型的中国作风、中国气派，但也每每与西方文论不谋而合。

下面我举一个综合的例子。杜甫《夔州歌十首》其九云：

> 武侯祠堂不可忘，中有松柏参天长。干戈满地客愁破，云日如火炎天凉。

顾随在课上讲，老杜这首诗有气象，写武侯的伟大，武侯祠的壮丽，都衬得住。接着，他先讲此诗的平仄，不同凡响处是用了"三平落脚"："参天长""炎天凉"，平平平，落得稳，有磐石之安，泰山之重，声音衬得住。然后，他从"音"说到"义"：

> 近代的所谓描写，简直是上账式的，越写越多，越抓不住其意象。描写应用经济手段，在精不在多，须能以一二语抵人千百，只用"中有松柏参天长"七字，便写出整个庙的庄严壮丽。"干戈满地"客自愁，而于武侯祠堂，对参天松柏，立其下，客愁自破，用"破"字真好。
>
> 好诗是复杂的统一，矛盾的调和。如烹调五味一般，好是多方面的，说不完；若香止于香，咸止于咸，便不好。喝香油，嚼盐粒，有什么意思？只是单独的咸、酸，绝不好吃。"干戈满地"、"客愁"而曰"破"，"云日如火"、"炎天"而曰"凉"，即复杂的统一、矛盾的调和。

说到"好诗是复杂的统一、矛盾的调和"，与西方新批评提倡的"包容的诗"（poetry of inclusion）正相契合，新批评也强调诗应该容纳和平衡许多对立的冲动，把不调和的品质与不相容的经验综合到一起，形成"张力"（tension）。老杜此诗便是有"张力"。近代上账式的描写，外国有左拉的自然主义，中国有巴金的社会小说，顾随都大为不满。他要的是手段的经济，以一二抵千百，则又是中国传统的遗貌取神的做法。以上算是形式主义批评，最后又转入道德主义批评。顾随说，人生在乱世，所遇是困苦艰难，所得是烦恼悲哀，有什么对付的办法呢？——

> 一是消灭，二是脱离，三是忘记，四是担荷。老杜此诗盖四项都有，消灭、脱离、忘记，同时也担荷了。如此了解，始能读杜诗。

你看，从写什么到怎么写，从道德批评到形式分析，顾随真是多管齐下，从极大到极细。杜诗最难讲，而顾随讲杜诗讲得最好。杜诗讲好了，还有什么诗讲不好呢？

（三）

顾随讲诗词，我最佩服的一点是，他不仅能把优点讲到位，而且能够指出缺点有哪些，在哪里。也就是说，我们经常会听到这位老师在课堂上说三道四，大放厥词。在我看来，这才是他独一无二的地方。法国剧作家博马舍的《费加罗的婚礼》第五幕有一句话："没有谴责的自由，就没有谄谀的颂扬。"汉语世界普遍译成更有深意的"若批评不自由，则赞美无意义"。我引这话的意思，如果不能在同时指出并且也指得出缺点的情况下加以赞美，那就落不到实处，无非开一张花体字签名的空头支票。

大作家的好作品，并非十全十美。顾随绝不迷信任何一人，不管是李白、杜甫、苏轼、辛弃疾，他都不仅仅能够看出其人其文的优点，而且敢于，并且善于，点出毛病。从全体的创作，到一首诗，一个句子，甚至于一个字，他都能给你讲出为什么好，为什么糟。从来讲诗没有像他那样讲的，讲优点也讲缺点。优点讲足了，又回头讲那不得不讲的缺点。或者，缺点讲清楚了，再转过去讲那舍不得不讲的优点。他讲东坡词，讲稼轩词，真叫一意孤行，把一首词拆开，揉碎：这一句，弱了；那一句，凑的。然后，吹尽狂沙始到金——那才是足赤的纯金！在《东坡词说》里，他说：

> 赏观名家之作，一集之中，往往有几篇，一篇之中，往往有数语，简直一败涂地。数语在一篇，瑕不掩瑜，且自听之。几篇之在全集，何似删之为愈？如说前人有作，后人编集，不免求备，故有斯愚，则作者当时何如不作？作了又何必示人？这个便是中土文人颠顸处，不经意处。极而言之，不自爱惜处。

他批评苏轼的颠顸和不经意，如那首《定风波》："莫听穿林打叶声，何妨吟啸且徐行。竹杖芒鞋轻胜马，谁怕？一蓑烟雨任平生。"坏就坏在"胜马""谁怕"两句。首先声音不对，仿佛密语之际突然哈哈大笑，闹得很。其次，"怕"个啥子呢？没道理出来这个"怕"字呀。再说，"竹杖芒鞋轻"就好了，何必"胜马"？好比你念叨着晚食以当肉，安步以当车，说明你心里还有肉，还有车。苏东坡这么写，表明心里还有马，谈不上"余独不觉""何妨徐行"。还不是修行不到家吗？

所以，听顾随讲诗词文赋，最能破除迷信，解放思想。再举几个例子。比如林逋咏梅的名句"疏影横斜水清浅，暗香浮动月黄昏"，他说，两句似有鬼气，不类其为人也。又如陆游的"山重水复疑无路，柳暗花明又一村"，他说，这十四个字"真笨""太用力""心中不平和"，而王维的"行到水穷处，坐看云起时"多少自在。再如老杜的《江南逢李龟年》，从来都认为是杜甫七绝中最有韵味的，他却说，其实是滥调写成，废弛了力量，落入了窠臼。诸如此类颠覆性看法，真让人开眼、醒脑。我们从小读课本上的范文长大，只学会跟老师鼓掌，哪见过有老师拍砖？

顾随说诗，眼高手辣，胆大心细，能见人所不能见，且敢说人所不敢说。比如他说，不好的作品，坏人心术，堕人志气。坏人心术，以意义言；堕人志气，以气象言——

> 如《红楼梦》便是坏人心术。最糟的是"黛玉葬花"一节，最堕人志气，真酸。见花落而哭，于花何补？几时中国雅人们没有黛玉葬花的习气，便有几分希望了。

这不是故作高论或酷评，他是自洽的。在反对文学的"伤感"（sentimental）这一点上，中外同心。何况我们读顾随，也要有一点禅意，不能"死于句下"。他那么激动于周汝昌写成《红楼梦新证》，当然不会把《红楼梦》看成坏作品，他只是以《红楼梦》为"能品"而以《水浒传》为"神品"，相比之下，才说出"余不喜《红楼》"的话来。他每有褒贬，都能讲出一个道道儿来，但不是任何一个说法都要我们同意。他岂不知有些说法是剑走偏锋、棋行险着？张中行真是解人，他认为顾随说诗是"在为上智说法"：

> 其中也许有不少或很多偏见，但他有见，不是在浮面上滑，
> 就能够启发读者深思。思的结果也许是觉得顾先生的所见并不都
> 可取，甚至都不可取，这也好，因为可以证明自己已经有了靠自
> 力走上阳关大道的能力。

顾随说得好："人说话不对不成，太对了也不成；太对了，便
如同说吃饱了不饿。"的确，我们平常见多了四平八稳、一团和气
的评论，净拣好话说，从不说错话，结果是废话一箩筐。哪像顾
随，平视那些了不得的大作家，真能讲透他们的好处，而一旦出
现了败笔，总难逃他的法眼。"曲有误，周郎顾"，顾随之谓也。

（四）

顾随的书，越读到后来，我越是发现，他在讲做诗，也在讲
做人。人与诗，哲学与文学，在先生的课堂上是打通了的。他说，
"余常拿人生讲文学"，"余之讲'诗'，合天地而为诗，讲文亦如
此"。所以，他就诗论诗之余，喜欢借题发挥，讲着讲着，就从诗
讲到人了：

> 简斋"客子光阴诗卷里，杏花消息雨声中"二句并不伟大，
> 而是诗，此必心思细密之作，绝非浮躁之言。支撑国家和社会的

青年，是中坚，是柱石，不可气浮心粗，要心思周密，而心胸要开阔。着眼高，故开阔；着手低，故周密。对生活不钻进去，细处不到；不跳出来，大处不到。

所以，我认为顾随的讲课，是德育、智育和美育的合一，是最好的人生教科书。尽管一辈子不出书斋和讲堂，他却有强烈的社会关怀，洞晓世道与人心。他精于佛学，但不取佛门的消极与虚无，而持"天行健，君子以自强不息"的人生态度。张中行说他"待人永远是儒家的'己欲立而立人，己欲达而达人'加释家的'发大慈悲心，度一切众生'"。他最服膺的是诗中杜甫、文中鲁迅，都是特别能吃重的人物。这看上去有点奇怪，身为周作人门下弟子，顾随三句话不离鲁迅。因为跟鲁迅一样，他是个勇猛精进的人。他喜欢曹操，喜欢辛弃疾，既能做诗，又能做事：

稼轩是承认现实而又想办法干的人，同时还是诗人。一个英雄太承认铁的事实，太想要想办法，往往不能产生诗的美；一个诗人能有诗的美，又往往逃避现实。只有稼轩，不但承认铁的事实，没有办法去想办法，实在没办法也认了；而且还要以诗的语言表现出来。

顾随讲正心诚意、洁身修己，是个儒家，甚至道学，但如张中行所说，"他心道学而情不道学"，所以能说诗说得热烈，写诗写得缠绵。好诗的标准，在他，是有生的色彩、力的表现、动的姿态，且有隽永的情味和意趣，却非静静的道心、空空的禅意。他欣赏的禅宗人物，也是坚苦卓绝的赵州和尚，以其八十犹行脚，这才是积极的出家——顾随说："西洋人出家是积极的，中国人出家是消极的。""外国人打气，中国人泄气。"中国人以看得开、放得下为高，其实是泄气的表现。这是将"取舍"两端，单取了一个"舍"字，却舍了一个"取"字。

顾随要我们进取，要打气，不要泄气，尤其不要守着一亩三分地，"上床认得妻与子，下床认得一双鞋，一文钱尚且穿在肋骨上面"。所以顾随才痛砭胡适推崇的朱敦儒的《樵歌》，认为其中显露的小我，畏缩而猥琐。他对蒋捷的《虞美人》词——

少年听雨歌楼上，红烛昏罗帐。壮年听雨客舟中，江阔云低断雁叫西风。　而今听雨僧庐下，鬓已星星也。悲欢离合总无情，一任阶前点滴到天明。

也是半肯半不肯。他说上半阕，多大，多结实。那少年的心气和那不思前想后的劲儿，那中年的挑担子，活动地面大，非奋斗不可。真是没一个字不好。可惜下半阕糟了，泄气了：

好仍然好，可惜落在中国传统里了。……一切不动情，不动心，解脱、放下，凡事要解放、要放下。其实人到老年是该解脱、放下，但生于现代，解脱也解脱不了，放也放不下，不想扛也得扛，不想干也得干。

今天的读者喝多了心灵鸡汤，听这样的老师的现身说法，是可以振衰起敝的。

顾随的哲学是积极向上，但最可贵的是，核心仍然是孔孟之仁与释迦之慈悲。他的《揣龠录》写到后来，颇不以禅宗的有大智、大勇而无情、无哀矜为然。说诗亦然。举一个例子。他不怎么喜欢黄庭坚，一个"二手诗人"（second-hand poet），玩儿文字，又没什么人情味、同情心。从"看人获稻午风凉"一句，可见此老之全无心肝。"获稻一事，头上日晒，脚下泥浸，何等辛苦？'午风凉'三字，如何下得？可见他是看人，假使亲手获稻，还肯如此写如此说么？"西方有一句话顾随引过："我们需要更脏的手，我们需要更干净的心。"如黄庭坚这句诗里的手固然不脏，可心却不够干净吧？

像这样从诗的文本自然生发出来的对人的德性的推尊，在顾随的诗文讲录中随处可见。听顾随讲课，既可识得前人文字的高妙，也能觑见作者人格的光辉。古人说，经师易遇，人师难逢。顾随先生是授业的经师，更是传道的人师。有这样的老师是有福的。

一惊一乍又一精一诈：论小学语文

（一）

漫长的暑假结束了，小学生欢天喜地去学校，背回来一大包新课本，包括语文课本。我不看小学语文，已是四十多年，今天见了，不免好奇地翻一翻。这一翻，翻出了许多问题来。

我看的是2005年人教版的五年级《语文》上册。第一组四篇课文都是关于读书，第四篇《我的"长生果"》，开头第一句话是：

> 书，被人们称为人类文明的"长生果"。这个比喻，我觉得特别亲切。

这个说法，我觉得特别新鲜，因为头一回听见，不过我不大能确定这个"长生果"是指什么。指花生？要知道很多地方都把花生称作"长生果"，但书是人类文明中的花生米，这么说没意思，所以应该是指吃了长生不老的果子，如孙悟空偷吃的蟠桃，极品九千年一熟，人吃了与天地齐寿、日月同庚；或者像猪八戒吞吃的人参果，"吃一个，就活四万七千年"。说书是人类文明的"长生果"，高度有了，然而文章只是说是"我的""长生果"，这就不对了。你可以跟莎士比亚一样说"书籍是全世界的营养品"，吃了有营养，但不能长生不老啊。

好吧，这一点咱不纠缠了，且看作者怎么读书吧。先是读香烟盒里的画片，然后读连环画，读小镇文化站里的几百册图书——"几个月的工夫，这个小图书馆所有的文艺书籍，我差不多都借阅了。"小学生容易误解，几个月读完几百册书，一天要读好几本呢！其实是说几百册里面的"文艺书籍"，语文老师讲到这里是应该解释一下的。老师也会提醒小朋友，同一篇文章里不能老是出现同一个成语哟——

> 他有几套连环画，我看得如醉如痴：……
>
> 那些古今中外的大部头小说使我如醉如痴，……

读了这么多课外书，作者说，想象力、理解力都提高了。但是，文章的后一半全都在说自己的作文怎么怎么好，表明读书的日积月累很有用，可是跟"长生果"毫无关系。全文最后一段，干脆把前面的论述一下子推翻：

> 于是，我又悟出了一点道理：作文，要写真情实感；作文练习，开始离不开借鉴和模仿，但是真正打动人心的东西，应该

是自己呕心沥血的创造。

全文思路是这样的：前一半说如何醉心阅读，后一半说怎么得到报偿，也就是作文写得好；最后说作文写得好，其实要自己创造，不能只借鉴和模仿，也就是不能一味靠读书。拿陆机《文赋》的意思来说，这篇文章本应该是写"颐情志于典坟""游文章之林府"的模仿，最后却归结到"谢朝华之已披，启夕秀于未振"的独创。这不是顾头不顾腚吗？

然后我看第五组，第二部分的阅读材料第七篇，看题目就吃了一惊：《我爱你，中国的汉字》。有外国的汉字吗？看你怎么说。我知道日本人自造了不少字，但从整体上，还不能称日本的汉字。想必是"我爱你中国"说惯了嘴，也会说"我爱你，中国的唐诗""我爱你，中国的中华鲟"。第一段是这样的：

> 我写作的时候，常常为我面前这一个个方块字而动情。它们像一群活泼可爱的孩子在纸上玩笑嬉戏，像一朵朵美丽多姿的鲜花愉悦你的眼睛。这时我真不忍将它们框在方格里，真想叫它们离开格子去舒展身体，去不受拘束地享受自己的快乐。

作者莫非是在写童话吧？童话里也有大灰狼啊，难道也"活泼可爱"，让你"动情"？"不忍将它们框在方格里，真想叫它们离开格子去舒展身体"，是想写草书？"当你写下'人'这个字的时候，不禁肃然起敬，并为祖先的创造赞叹不已。"写"坏人"

的"人"呢？也"肃然起敬"？禁不起推敲的还有——

> 这是一些多么可爱的小精灵啊！在书法家的笔下，它们更能生发出无穷无尽的变化，或挺拔如峰，或清亮如溪，或浩瀚如海，或凝滑如脂。它们自身就有一种智慧的力量，一个想象的天地，任你尽情飞翔与驰骋。

我很想把"或浩瀚如海"换成"或坚硬如骨"，要么就把"或凝滑如脂"改为"或平滑如砥"。中国人的审美习惯是讲究对称，你不能"如峰""如溪""如海"后面忽然孤零零来一个"如脂"，三比一，不伦不类。另外呢，"飞翔与驰骋"最好改为"驰骋与飞翔"，先在地上跑，再到天上飞。最不可思议的是——

> 为什么中华民族成为拥有诗歌传统的民族呢？因为这些美丽而富有魅力的文字，给使用它的人带来了诗的灵性。看着这些有色彩、有声音、有气味的字词，怎能不诱发你调动这些语言文字的情绪啊！

世界上拥有诗歌传统的民族多了去，而且，同属中华民族的藏族、蒙古族、维吾尔族所用的藏语、蒙古语、维吾尔语，也都有色彩、有声音、有气味、有灵性，而且也各有自己的诗歌传统。赞美汉字要赞在点子上，可以"动情"，不能乱性。

然后，我看到第七组的第四篇课文，《最后一分钟》，才彻底绝望了。这是一首诗，写二十年前香港回归交接仪式的。对现在的小学生来说，香港就是中国的呀。在没有学习中国近代史之前，读这首诗要求一定的背景知识，五年级小学生还不具备。但问题是，这首诗给出的历史表述实在是夹缠不清：

> 我看见，
>
> 虎门上空的最后一缕硝烟，
>
> 在百年后的最后一分钟
>
> 终于散尽；
>
> 被撕碎的历史教科书，
>
> 第1997页上，
>
> 那深入骨髓的伤痕，
>
> 已将血和刀光
>
> 铸进我们的灵魂。
>
> 当一纸发黄的旧条约悄然落地，
>
> 烟尘中浮现出来的
>
> 长城的脸上，黄皮肤的脸上，
>
> 是什么在缓缓地流淌——
>
> 百年的痛苦和欢乐，
>
> 都穿过这一滴泪珠，
>
> 使大海沸腾！

"虎门上空的最后一缕硝烟"如果是指林则徐的虎门销烟，那是1839年；如果是指关天培的虎门炮台抗英的硝烟，那是1841年，离1997年都有一百五十多年，不应该说"在百年后的最后一分钟终于散尽"。香港回归怎么算都不可能是在"被撕碎的历史教科书第1997页上"，除非中国历史和世界历史在耶稣诞生之前都是空白，这表达弄巧成拙。"深入骨髓的伤痕"说不通，因为伤痕都是在皮肤表面，创伤才可以深入骨髓。"一纸发黄的旧条约悄然落地"词赘，"发黄"当然是"旧"的。细究起来，中英之间的不平等条约一共有三纸：一百五十五年前割让香港（岛）的《南京条约》，一百三十七年前割让九龙的《北京条约》，以及九十九年前租借新界的《展拓香港界址专条》，"百年的痛苦和欢乐"只能就最后一个条约而言，而这是错误的。两处的"百年"都过于大而化之了。我并非不懂得诗的语言可取其大略，但你都精确到"最后一分钟"了，我怎么就不能计较开头的五十多年？

诗的表达可以无理而妙，但像下面的句子，却无理而不妙：

> 此刻，
> 是午夜，又是清晨，
> 所有的眼睛都是崭新的日出，
> 所有的礼炮都是世纪的钟声。

时间的划分上没有哪一刻既是午夜又是清晨。说眼睛是日出，还能帮作者圆吧，说炮声是钟声，犯得着这么绕吗？再说，"所有的礼炮都是世纪的钟声"到底该怎么解释？是说香港回归迎来了

"中国世纪"？我们的媒体好像特别喜欢用"世纪"这个词，比如皇马与巴萨一年两次"世纪大战"。但这首诗最可议的是如下说法：

> 是谁在泪水中一遍又一遍
> 轻轻呼喊着那个名字：
> 香港，香港，我们的心！

"我们的心"可以去掉，从语法上来说"那个名字"只是"香港，香港"。更何况，说香港是我们内心的牵挂可以，说那是"我们的心"又从何说起？你把北京放哪了？总之，这首诗写得太不上心了。

（二）

1938年8月，西南联大罗庸教授在云南省立中学做了一次《国文教学与人格陶冶》的演讲（见《鸭池十讲》）。他认为陶冶人格、滋润心灵是教育的基础，而国文教学至关重要。他专门讲到中学国文课本存在的问题，希望教材要去繁杂笼统之弊，教师要有专精纯熟之法，才能使学生对于读物能得"一贯之涵泳"，文章才能做得好，人格才能养得成。所以他提倡诗教，"而诗教便是修辞立诚之事"——

六经而后，诗教便成了中国文学的正宗。如章实斋所说，战国后的文体固然导源于《诗经》，就是后人的鉴赏文学，也是以立诚感人为根本原则。所以，不但雕章琢句言不由衷的文章不登大雅之堂，就是任情奔放之作也会遭明达的非议。真正大雅的文章，必是"仁义之人，其言蔼如也"的，才能使人感兴而反躬，复归于温柔敦厚，这正是中国民族的人生态度。

请记住，罗庸先生的这番话，是在中华民族到了最危险的时候所说的。当北平上海南京相继沦陷于日寇铁蹄之下，正需国人同仇敌忾之际，他犹谆谆以"温柔敦厚"的诗教和"其言蔼如"的文则，教导我们如何从事国文教育，"以立诚的态度说由衷之言，才能以其所信使学生共信"，这是值得我们今天静心反思的。

子曰：修辞立其诚。其诚反映在课文中，一方面要求知识上的真实无误，另一方面要求情感上的诚实不欺。而主观情感的真切与否，往往影响到客观知识是否准确。我发现，现行的中小学语文教材，一旦出现逻辑不合、常识不符之类的毛病，大多是因为滥情或矫情所致。比如，人教版的六年级语文上册有四篇课文，在我看来，都是矫揉造作得紧，抒情而不近情，说理而不合理。

《别饿坏了那匹马》，写身无分文的我到一位残疾青年的书摊子上偷看书，后来父亲让我扯马草换钱来看书，但马草经常卖不出去，摆书摊的青年便佯装自家有马要喂，叮嘱我"以后，马草就卖给我"。当然最后并没有什么马，马草都搁在他家后院里任其枯黄了。读者有理由怀疑，这位残疾青年的生计挺值得担忧。再说，五年级上学期已经有林海音的一篇《窃读记》，写没钱而到书店里蹭书看的感人事迹，而且人教版重新审定的七年级上学期语文课本，再一次选了这篇《窃读记》的完整版，看来，五年级小朋友肯定要一而再再而三地被告知，在书店里或者书摊上"吃霸王餐"不失为光荣之举，而且最后都有店员或摊主因为"爱"而给免单的。

《唯一的听众》更荒谬。一位曾经的乐团首席小提琴手，目前音乐学院最有声望的教授，每天早晨装成聋子，去听一个"拉小夜曲就像在锯床腿"的小伙子练手，而且永远是平静地望着，听着，只给赞美，不给指点。这有可能吗？真正的行家哪里受得了一个初学者在自己面前班门弄斧，"呕哑嘲哳难为听"地一味聒噪，还一再说"真不错，我的心已经感受到了"？这纯粹是昧着艺术良心说假话嘛。你应该开口训导、出手纠正啊！学艺不是光靠勤奋就能长进的，最要紧的是掌握正确的技巧，最需要的是高手的点拨与点化。可是她袖手旁听，任由小伙子每天在低水平上重复劳动，算哪门子教授！而且，小伙子受到纵容，越发来了兴头后，又在家里练琴了，"从我紧闭门窗的房间里，常常传出基本练习曲的乐声"。除非自己分身有术，一个在房间里拉，一个在房门外听，正常人说不出这样的话。——写到这里，灯光下我孤独的背影看上去越来越伟岸了。

《用心灵去倾听》一看就是假的。情节是捏造的，不会有几十年不变的电话问讯处，让你吃得空就去扯闲天。文章也是假冒的，否则不会只标译者而不标原作者和出处。我百度了一下，才知道此文据说是译自西班牙《都市生活报》的文章，可是，里面的小学生叫"汤米"，问讯处阿姨叫"苏珊"，Tommy和Susan都不是西班牙人名啊！再说，西班牙的小学生怎么会打电话去问阿姨"西班牙的首都在哪里"？

《小抄写员》只标作者亚米契斯，而不标译者和改写者，可见教材的编者全不知有体例不纯这回事。本文是根据意大利作家亚米契斯的名著《爱的教育》中的《佛罗伦萨的小抄写员》改写的，但故事本身很难取信于人。十二岁的叙利奥心疼父亲，每天半夜起床，仿造父亲的笔迹继续做抄写工作，而父亲全然不察，以为自己效率真高，直到四个月后才发现是怎么回事。难道叙利奥的父亲既不记数，从不留意自己前半夜抄了多少页，也不认字，连自己的笔迹被人模仿都看不出？这故事，真可入中国的"二十四孝"了。

鲁迅在《朝花夕拾》的《二十四孝图》里，痛斥"老莱娱亲""郭巨埋儿"之类事迹的荒诞不经：

> ……老莱子事云："行年七十，言不称老，常着五色斑斓之衣，为婴儿戏于亲侧。又常取水上堂，诈跌仆地，作婴儿啼，以娱亲意。"大约旧本也差不多，而招我反感的便是"诈跌"。无论忤逆，无论孝顺，小孩子多不愿意"诈"作，听故事也不喜欢是谎言，这是凡有稍稍留心儿童心理的都知道的。

鲁迅一查更古的说法，只是说老莱子跌倒了怕父母伤心，便装成婴儿啼哭撒娇，博父母大人一笑，"较之今说，似稍近于人情。不知怎地，后之君子却一定要改得他'诈'起来，心里才能舒服"。

我们的教材是不是也喜欢使"诈"呢？书不好好看，非偷看、白看不足以感人。音乐不好好听，耳听不行，非"用心灵去倾听"不足以动人。字不好好写，每写一个方块字都要动情。音乐教授不好好指导差生，偏要伪装成聋子傻坐着听之任之。儿子不好好上学，偏要半夜帮父亲干活，拖垮了学习，累坏了身体……戏非苦情不演，事非矫情不叙，话非滥情不说。立意虚高，常情所不能及；出语浮夸，常识所不能解。凡此种种，皆与"修辞立诚""温柔敦厚"的中国文化根本原则相背离。

顾随说："若写给孩子看，尤其在我们贵国，简直一点儿真也没有了。"为风气所化，据说每到高考作文，考生中孤儿便一下子多了起来，母亲没病的也病故了，父亲健在的也不在了，于是作文就分外感人了，得分也就高了。这种现象何以致之？恐怕跟我们的语文教材总是倾向于拔高形象、加重色彩、增强分贝有关，结果造成大面积的情感冗余、机巧过剩、诚信短缺。我们总是相信"非常之人然后有非常之事"，却难得平心正气地说话、做事，难得让孩子们也平心正气地认识世界、理解事物。我们非要搞得一惊一乍，"心里才能舒服"。孙子曰："善用兵者，无赫赫之功。"教材编得好的，也只是家常便饭养人，用不着老是拿"非常之人"与"非常之事"来让人学。要记住鲁迅说的，"小孩子多不愿意'诈'作，听故事也不喜欢是谣言"；也要记住罗庸说的，"就是任情奔放之作也会遭明达的非议"。

（三）

听说这套人教版语文教材正在重新审定。早该这么做了。我看见四年级上册第五组的一条资料，"截至2003年，我国已有二十九处景观被列入世界遗产名录"。十五年过去了，名录上已经是五十三处，改之甚易，就是不改，导致课本里的插图可以专供怀旧，不是电气化火车头，便是古董型台式电脑，高铁什么的影子都不见。这年头要找十几年不变的东西真难，有之，其唯中小学教材乎？这不是懒政，是荒政啊！

但是，重新审定的结果我也并不看好。七年级语文上下册都是新审定了的，我翻开上册，第一组便有幸重逢了那位写作时常为面前一个个方块字而动情的作者，美文题作《雨的四季》，妙语则如：

> 也许，到冬天来临，人们会讨厌雨吧！但这时候，雨已经化妆了，它经常变成美丽的雪花，飘然莅临人间。但在南国，雨仍然偶尔造访大地，但它变得更吝啬了。它既不倾盆瓢泼，又不绵绵如丝，或淅淅沥沥，它显出一种自然、平静。

我没法计较这逻辑到底怎么讲，也不能想象这雨到底怎么下，光是三个"但"字就已经把我转晕了。

下不为例：
也谈夏志清《中国现代小说史》

　　夏志清的《中国现代小说史》我读得较早。二十年前我到香港中文大学念书，修习都在新亚书院诚明馆，那间饶宗颐先生几乎不去的敦煌研究室，里面堆了好几包这书的中译本，是香港友联出版社1979年所出，我的导师黄维樑教授将其用作教材。前一阵广西师范大学出版社出了新的简体字版，约我谈一谈这本书。我比照了两个版本，还借来了此书英文版的第二版，扉页上有许倬云先生题赠给浙江大学图书馆的字样。

　　这本书对20世纪80年代以来大陆的文学研究者观念的改变非常重要，但是，我得说，它的影响已经完全被我们吸收了。三十多年过去，我们回头再看它，既可以看到它的贡献，也应能发现它的缺陷。在我看来，这缺陷相当大。

　　这本小说史的功德，就在于在那么早的50年代，就将80年代两岸读者才看得到、才能进入两岸学者文学视野里的许多作家，沈从文、张爱玲、钱锺书，都辟专章论述，并给出很高评价。这是夏志清最大的贡献。他也因为此书对"优美作品之发现与评审"

而获得了崇高的学术地位。但是，平情而论，其"优美作品之发现"的功绩，乃是受益于两地三十年暌违的特殊历史环境。作者当时是在美国，能得到的空间最大，资料最全，占了绝大便宜。他要是在北京，在台北，以当时的政治禁忌，都根本不可能写出这本书。

夏志清20世纪50年代初在耶鲁读博士，为挣生活费而找的第一份工作是参与美国政府的一个项目，即编写一本《中国手册》，为参加朝鲜战争的美国军官们提供有关中国的历史、政治、经济、文化、风俗等知识。夏氏承担了大部分工作。这本书编成后没有用上，因为它的政治立场过于强硬。但紧接着在撰写《中国现代小说史》时，作者好像习惯性地滑向了与编写《中国手册》同样的功利目的。读着读着，有时你会觉得他不是在写小说史，而是承担了为不谙中国政情的美国读者提供咨询的义务，写一部中国左翼文艺思潮史。照我看，如果说王瑶、刘绶松等人50年代所写的那些中国现代文学史失之太左，那么夏氏的问题就是太右。这一点在英文原版和香港版、台湾版中触目皆是，简体字版已经删削很多了。

太左太右皆偏见。左派作家虽然皆在夏志清铨叙之列，但往往评价过低。连沾一点左翼的边的作者也很不受他待见。例如第四章写创造社，讲到郁达夫遁迹于印尼的苏门答腊，日本投降后仍被日警杀害。作者说："他身为作家，既非共产党，也不很爱国，遭到这个下场也可以说是万想不到的了。"说郁达夫"不很爱国"全无道理，用"下场"形容郁达夫之死，也太不合适了吧？

可蔡思果先生的译文已经做了淡化处理，我们看回英文版，才大吃一惊，原来他用的是ironic end（讽刺性的结局）。如果一个汉奸文人被日本人杀掉，那可以说是一个讽刺性的结局。一个中国作家，尽管政治立场上曾经是左联创始人之一，生活作风上颓荡而沉沦，也不能用这样一个幸灾乐祸的词吧？

依靠"优美作品之发现"而成为文学史的名著，夏志清的《中国现代小说史》是一个特例，但绝非常数。文学史写作的常数是对"优美作品之评审"，对作家作品进行分析、论断、排座次，给予剀切不移的定性、定位、定价。前一阵子我读德·斯·米尔斯基（Dmitry Petrovich Svyatopolk-Mirsky）的两卷本《俄国文学史》（刘文飞译，人民出版社2013年版），那真是文学史的典范，几十年来在英美的大学里一直作为最标准的俄国文学史用书。纳博科夫说这是世界上写得最好的俄国文学史，包括用俄语写的在内。多纳德·戴维（Donald Davie）评价说："这两部书是文学史写作之样板：它们犀利深刻，却又趣味宽容；首先是结构出色，清晰而又比例得当。"

犀利深刻却又趣味宽容，结构出色而又比例得当，拿这几点来衡量夏志清的《中国现代小说史》，可以说都不及格，其趣味不够宽容，结构并不出色，比例更不得当。且不说原来第十三章，围绕着一个不写小说的胡风写了五十页那么长。照英文本统计，鲁迅只占了二十八页篇幅，张爱玲却占了四十三页，钱锺书也有二十九页。我们可以肯定地说，从文学的角度、小说的角度来看，鲁迅的分量一定会比张爱玲和钱锺书要重，比例绝不可能是二十八比四十三或二十九。果然，在具体行文中，作者畸轻畸重。写张爱玲的时候，比如写到《金锁记》，他会把最美的四五段文字全部引录下来。写到钱锺书，光是引《围城》的结尾就占了整整六页篇幅。而鲁迅的《故事新编》连介绍加评判，只用了五行半。这样写文学史，很难说公平与公正。

夏氏非常骄傲于这本小说史有很多发现，比如他说，"我们几乎可以在张天翼身上发现一个莎士比亚式的创造者"，真高得离谱。直到今天，他还是坚持这么高的评价："张天翼脑子里资料丰富，文采比鲁迅不知道高出多少倍，讽刺天才！"（《夏志清：讲中国文学史，我是不跟人家走的》，载《南方都市报》2008年7月30日）可张天翼那些讽刺性的短篇现在看起来非常粗糙，形容毕露且夸张过甚，包括夏著里那些引文，简直不堪卒读。而说到张爱玲文学地位的确立，谁都知道不是夏志清的首功。1944年傅雷化名迅雨写了万字长文，已论定《金锁记》是"我们文坛最美的收获之一"。傅雷对张爱玲的艺术的分析要言不烦，且鞭辟入里。比如《金锁记》中最精妙的一段：

> 风从窗子里进来，对面挂着的回文雕漆长镜被吹得摇摇晃晃，磕托磕托敲着墙。七巧双手按住了镜子。镜子里反映的翠竹帘子和一幅金绿山水屏条依旧在风中来回荡漾着，望久了，便有一种晕船的感觉。再定睛看时，翠竹帘子已经褪了色，金绿山水换了一张她丈夫的遗像，镜子里的人也老了十年。

空际转身，非有大力者不办，夏志清居然不引，傅雷却独具只眼，说："这是电影的手法：空间与时间，模模糊糊淡下去了，又隐隐约约浮上来了。巧妙的转调技术！"

夏志清既失之于对新潮不够敏感，对施蛰存等人的新感觉派小说着墨无多；又失之于对土气不能欣赏，认为赵树理的小说"几乎找不出任何优点"。他给《围城》颁的奖太高，但我觉得，钱锺书是伟大的学者，《围城》却不是伟大的小说。他说《寒夜》是巴金最好的作品，超越而成熟，作者此时变成了一个细腻的匠人，探索人心的隐秘之处。对《寒夜》的文学价值的发掘于是被认为是夏志清小说史的闪光点之一，可是我要说，他对巴金文字的糟糕也太能容忍了。比如，下面这段《寒夜》第四章开头的文字，要是从收音机里听到，谁都会抓狂：

> 她是一家商业银行的行员。大川银行就在附近一条大街的中段。他刚刚走到街角，就看见她从银行里出来。她不是一个人，她和一个三十左右的年轻男子在一块儿。他们正朝着他走来。的确是她。还是那件薄薄的藏青呢大衣。不同的是，她的头发烫过了，而且前面梳得高高的。男人似乎是银行里的同事，有一张不算难看的面孔，没有戴帽子，头发梳得光光。他的身材比她高半个头。身上一件崭新的秋大衣，一看就知道是刚从加尔各答带来的。

夏志清于萧红只一语带过，说《生死场》极具真实性，但未加论述——当然他后来也表示这属于不可饶恕的疏忽。他一句都不提李劼人的《死水微澜》《暴风雨前》和《大波》，要说缺失，这也应该算吧？

再一个问题就是，此书行文颇形冗赘。夏志清对沈从文的分析最饱满，相形之下，老舍、钱锺书等等复述多而评判少。张天翼整章都是给那些小说情节的复述与引文的节选牵着走。张爱玲的《秧歌》和《赤地之恋》，故事大纲复述了十五页，冗长得令人气闷。现在人如果写小说史，用不着写出《骆驼祥子》和《围城》的故事大纲。这是20世纪中国学者写文学史的通病，即对文本的引述太多。龚鹏程在其所撰《中国文学史》的自序中说，文学的主角其实并不如一般人所以为的，是作家和作品，而是观念。每个时代的文学观不同，故其所谓之文学即不同，其所认定之作家、作品，乃至大作家、好作品也不一样。所以文学史应别裁伪体：

> 现在的文学史著，基本上是历代名家名篇的介绍，此乃应教学之需而设，本非史体；早期的文学史，如刘师培《中古文学史》、鲁迅《中国小说史略》等也都不甄录作品。更早，如《史记》论作家，虽曾抄录不少代表作，但《史通》已批评其不妥。章学诚折衷之，谓当于史著之外另立"文征"，一为史乘，一为文选，相为辅翼。

文学史不是文选，不是名家名篇的介绍，这意见完全正确，也深中当今文学史撰作之弊。但龚鹏程说刘师培的《中古文学史》、鲁迅的《中国小说史略》都不甄录作品，却是记忆有误。刘师培《中古文学史》本来是讲义，其论汉魏之际文学变迁，附录便"略录祢衡以下文章十二篇以明概略"；论嵇阮之文，亦分别摘录两人文章，可见是史乘而兼备文选的。鲁迅的《中国小说史略》也并非不引作品，而是间或引些片段，以证成其说。但是，两家史略都以文学观念与风气的流变为主，引录作品极为克制，哪里像夏志清的小说史，弄得引文尾大不掉，"其大本拥肿而不中绳墨，其小枝卷曲而不中规矩"。他写的可是小说史啊！小说引起来没完。

夏著确实不合史体，我们只能曲为回护说，这本书原是为西方读者而写，他们对中国现代小说缺乏最基本的了解，所以作者必须费许多笔墨复述某些关键情节，甚至把关键的段落引出来。但米尔斯基就用不着复述情节，因为他假设他的文学史的英美读者对俄国文学的伟大作家和作品都已经了如指掌。他也几乎不引。"用自己的语言对其进行归纳或许是一种冒犯，引用若干片段则有损于它。因为这是一个完美整体，其构成十分精准合理。每个细节、每个思想变化、每个雄辩声调均恰如其分，共同营造出最佳效果。"是的，借钱锺书的话说，米尔斯基不想让人从一块砖上看出万里长城的形势。

话说回来，写文学史的好比乙方，跟米尔斯基相比，夏志清吃亏的是甲方很弱。因为中国新文学三十年，小说的整体成就不高，幼稚的作品比比皆是，夏志清巧妇难为无米之炊，读得很苦，写得也很烦。而米尔斯基不一样，他面对的是果戈理、陀思妥耶夫斯基、托尔斯泰等19世纪俄罗斯文学的连绵高峰，所以能游目骋怀，为众人一番指点评说，既大气又小心。加上他英法德文都精通，整个欧洲文学传统尽在掌握之中，完全平视英国那些高级知识分子。而夏志清表现得常常自卑，面对西方的辉煌文化不免心虚。夏氏一向在汉学界都很自信，不大听得进别人的意见，我反倒觉得与此有关。何前倨而后恭也！但我愿意说，这是吃了我们国家20世纪事事不如人的亏，吃了我们经济、政治、军事、文化整体上不济的亏。所以，我们甚至可以原谅夏志清对中国文化的自轻自贱："法国的《包法利夫人》大家都在看，中国的《红楼梦》你不看也没有关系，中国没有一本书大家必须看。"（《中国文学只有中国人自己讲》，见《南方周末》2007年1月11日）唐德刚当年批评夏志清用西方观点治中国小说的崇洋心态，不为无据。

夏志清自承古典修养不足，其实语言感觉也不算敏锐，以大师来衡量有诸多不足，我觉得远不及他的哥哥夏济安。夏济安的文学眼光极为犀利。弟弟说鲁迅不行，但哥哥专门写过极精辟的《鲁迅作品的黑暗面》，深契鲁迅的内在精神。夏济安50年代在台湾大学教出很多优秀学生，堪称台湾现代文学的教父。我觉得夏志清是很用功的好学生，若论艺术天分，在他哥哥面前相形失色。

文、学、史的大手笔

——读米尔斯基《俄国文学史》

怎么说呢？我像一个自信的病人，长久而无望地迷恋着俄国文学。当年纳博科夫就这样说埃德蒙·威尔逊的。俄文我一个大字都不识，威尔逊至少还学了点俄语，但纳博科夫说，威尔逊想对自己译注的《叶甫盖尼·奥涅金》吐槽是不严肃的。我现在来给德·斯·米尔斯基的《俄国文学史》点赞，当然也是不严肃的。但是，对我来说，俄国文学不是知识，甚至也不是信仰，只是一种病。与我同病的人全世界多得很。这也就是为什么我们老是要想到俄罗斯，不管有没有来由，无不无厘头。库切小说《凶年记事》整本都在说别的事儿，结尾却要向俄罗斯母亲致以谢意，谢谢她的托尔斯泰和陀思妥耶夫斯基给予我们的感染。聂绀弩读了沈从文写湘西生活的短篇小说《丈夫》，击节称赏说，"真是伟大的、俄罗斯的悲哀！"还有我的一位朋友，在英国一个乡村的夜晚写诗，说是起雾了，月亮如凋敝的思念，"带着俄罗斯式的苦难"。凡此种种，都说明俄国文学不是别的，是一种病。

我与米尔斯基相见恨晚。他讲俄国文学讲得这么好，句句都在我意中，句句都出我意外，我就好像走夜路的人找到了灯，看病的人找对了医生。他这两卷本《俄国文学史》的英文原著，*A History of Russian Literature: From the Earliest Times to the Death of Dostoyevsky,1881*（《俄国文学史：从早期到1881年陀思妥耶夫斯基之死》）和 *Contemporary Russian Literature, 1881—1925*（《当代俄国文学，1881—1925》）在1926年和1927年相继问世，早已是英美大学生修读俄国文学专业的首选参考书，而中文版去年才由刘文飞译出，由人民出版社印行。可惜，好几代中文读者已经错过。对于这几代人，俄国文学尽管是其情感教育的必修课，却也是自修课，因为没有参考书，因为所有的参考书都无非是从别林斯基到列宁的一揽子关于俄国经典作家评论的评论，而所有的文学史就是这些评论的汇编。"最清醒的现实主义""俄国革命的一面镜子"……诸如此类无需求解的答案与无从求证的命题，说了等于没说。所以，多年以来，对于俄罗斯的文学大师，我从来只读作品，不看评论，更不用说文学史了。我第一次读的《俄国文学史》就是米尔斯基的，足以庆幸自己的起点之高，哪怕是三十多年后再出发的起点。

（一）

读米尔斯基的两卷本文学史，好比与这位公爵同志把臂同游于俄罗斯文学长廊，听他信步走去，一一为你指点评说。跟一般的知音型读者不一样，米尔斯基总是居于超然的地位，驱遣事实，紧贴思辨，面对那些强有力的或者较弱的文本，他剖析、提炼、总结、贯通，谨慎而流畅地对待每一个作家，每一个部分。他胸有成竹，调动庞大的资源却举重若轻，不依赖他人的评语做旁证，连引文都几乎用不着。所以，他能一无依傍而直指心源：

> 塔吉雅娜和奥涅金的关系模式后常在俄国小说中复现……然而，普希金的经典态度，即针对男性不带怜悯的同情和针对女性不予奖赏的尊重，却从未再现。（上卷第四章第四节，简写为：上卷，4.4。下同）

> 托尔斯泰是弗洛伊德的先驱，但艺术家托尔斯泰和科学家弗洛伊德之间的惊人差异却在于，这位艺术家显然比那位科学家更少想象力，而更加实事求是、客观冷静。与托尔斯泰相比，弗洛伊德就是一位诗人，一位民间故事讲述者。（上卷，8.1）

> 作为剧作家的高尔基只是契诃夫的一名坏学生。"坏"一词纯属多余，因为剧作家契诃夫不可能拥有好学生。（下卷，3.2）

米尔斯基这样评价别林斯基："他总能近乎无误地指出，其同时代中人谁有真才实学而谁徒有虚名，何人重要而何人仅为二流。"他又称许屠格涅夫："实为彼得堡文学之魁首，其判断和决定均具法律效应。"米尔斯基的判断和决定精切无比，同样具有法律效应。

俄国由于社会历史发展的不正常，形成了思想的文学化和文学的思想化的奇观，作家与作品普遍具有"思想超载"和"道德超载"的特点，很少有人强调文学的形式和技巧，哪怕果戈理和托尔斯泰等均为世界文学中一等一的技巧大师，也偏偏都不大讨论技巧。别林斯基、车尔尼雪夫斯基和杜勃罗留波夫这三驾马车的文论，米尔斯基说得好，只是把文学当作社会生活的地图、照片、布道文，美学维度付之阙如，他们对工作和技巧的蔑视与对思想表达的热望毒害了俄国文学，以至于什克洛夫斯基会恨恨地说："我仇恨别林斯基和其他所有杀害俄国文学的凶手（所幸他们并未得手）。"纳博科夫将托尔斯泰和陀思妥耶夫斯基看作青春期读物，说有益于他们思想的成长，其实也是对这一风气大大的不满。

米尔斯基的文学史，在俄国文论的社会批评传统之外，引入了美学的考量。他对作品的结构和节奏经常做出精到的分析，令人信服。比如《战争与和平》中整章整节的关于历史哲学的议论，读者既感困惑，批评家也持非议，米尔斯基却一句话打发掉我们的疑虑："这些理论性章节为这部伟大小说的巨幅画面添加了不可或缺的景深和智性氛围。"契诃夫小说相对朴素的外观，让大家对其形式技巧很容易掉以轻心，但米尔斯基却为我们指出其中音乐调性的秘密：

> 他的小说既是流动的，又一丝不苟。他用非常复杂的弧线构造故事，可这些弧线却经过最为精确的估算。他的小说由一连串的点构成，依据这些点，他能在意识的乱麻中理出一道道明晰的线条。契诃夫擅长追溯情感过程的始初阶段，他能指出偏离的

最初征兆，当在普通人看来，在与之相关的人看来，那条新出现的曲线似乎仍与直线相交。那起初很难引起读者注意的轻微触及，却能暗示出故事的发展朝向。此后它便作为主旨不断重复，伴随着每一次重复，弧线的偏离越来越明显，最终完全与那条始初的直线分道扬镳。《文学教师》《约内奇》和《带着小狗的女人》均为这种情感弧线的完美范例。（下卷，2.9）

看得出，米尔斯基平视他的对象，有一说一，有二说二，而且说一不二。有细致的分析与强有力的理据支撑，他的结论总是显得那么师心自用，却又坚而难移。不妨再引一段有关契诃夫的评语，从中亦可见米尔斯基比较的视野所带给他的精审的目光，这也构成这部文学史的一大特色：

> 与司汤达和法国经典作家一样，却与托尔斯泰、陀思妥耶夫斯基和普鲁斯特不同，契诃夫研究的是"普遍的人"，作为种类的人。但与那些经典作家不同，却与普鲁斯特一样，他关注的是最微小细节，是灵魂的"鸡毛蒜皮"和"细枝末节"。司汤达诉诸心理的"整数"，他跟踪心理生活有意识、有创造力的主线。契诃夫则关注意识之"微分"，关注其无意识的、不由自主的、消融毁灭的次要力量。（下卷，2.9）

米尔斯基的文体意识超强，对语言极度敏感，能够触摸到文本的肌理，感觉到语句的涩、滑、松、紧、清、浊。他说，巴拉丁斯基的诗句具有某种"易碎感"，恰与普希金的弹性张力构成极端对比；果戈理的散文"密实饱满"，"充满真实口语的震颤"；别林斯基写得"糟糕"，要对俄国新闻文体可怕的松散和凌乱负责；屠格涅夫对词语没感觉，语言与他只达成一个极其有限的契约，超出19世纪的日常现实就不提供服务；托尔斯泰后期的散文化学般纯净，是地道的"清教式散文"。鉴于这部文学史是面向不谙俄语的西方读者，他特别引入了"可译性"这一标准来测试俄国作家的语言质地。果戈理太复杂，"他的散文无望被译，其难以翻译或许胜过任何一种俄语散文"。（上卷，5.8）相反的例子是：

> 契诃夫的俄语亦为其一大软肋。他的俄语没有色彩，缺乏个性，他没有对词的敏锐感觉。没有任何一位如他一般重要的俄国作家，会使用一种如此缺乏色彩和生气的语言。这使得契诃夫极易被翻译。在所有俄国作家中，他最不担心译者的背叛。（下卷，2.9）

> 高尔基的语言也是"中性的"，其单词仅为符号，而无其独立内在的生命。除某些口头禅外，它们可被视为来自任何一门外语的译文。（下卷，3.2）

向一部文学史要文采，等于向一位法官要姿色，但米尔斯基思维缜密似老吏断狱，词锋轻盈又如时女游春，行文中华彩处处，又不时浮现出一种善意的幽默，令人会心不远。拿下卷第五章第九节写勃洛克为例：

他具有堕落天使的天生高贵，认识他的所有人均能在他身上感觉到某种崇高品质。他非常帅气，可以当作现今所谓"北欧血统"的出色样板。他是多条传统线的交汇点，他既很俄国亦很欧洲，更何况他还是一位混血儿。

这是一团词语的星云，在外行读者看来仅为语言音乐。它最好不过地呼应了魏尔兰的规则，即"音乐，首先是音乐"。……后来，在《陌生女郎》一剧中，勃洛克让一位诗人（显然是一幅自嘲的自画像）在餐馆里给一个伙计读他自己写的诗，伙计听后评论道："听不懂，不过相当精致！"不算少数知音，勃洛克那些早期崇拜者的态度与这位伙计大体一致。

使《十二个》成为一部伟大长诗的因素并非其智性象征主义，重要的东西不是它意味着什么，而是它是什么。勃洛克的音乐天赋在这部作品中达到巅峰，自格律结构角度看，这部作品是一个"罕见的奇迹"。

在中国文学史著作里你看不到这样精绝的评点，自如的挥洒。也许钱锺书的《宋诗选注》分论各位诗人的文字能给我们同等程度的阅读愉悦，但那些算是折子戏的串演，米尔斯基却是要演上好几天的连台大戏，其体制决定了他可以在一个广大的幅员里纵横驰骋，音调断而忽续，主题变中有同，有如一部交响乐。比如我读米尔斯基论陀思妥耶夫斯基的两个专节，分明就像倾听一个雄辩的乐章。而其中关于其思想小说的分析以及与托尔斯泰的对比，我从中得到的，超出读梅列日科夫斯基和乔治·斯坦纳两人专著的总和。《淮南子》说，中衢之尊，过者斟酌，多少不同，各得所宜。"是故得一人，所以得百人也。"是的，一个米尔斯基，顶得上一百个什么什么斯基。

（二）

有米尔斯基的这个两卷本作为起点的人有福了。此书精见迭出，而且极具原创性，一般读者固然能通过它窥见俄国文学的室家之好，饱学之士也能从中得到可贵的启迪，所谓残膏剩馥，沾丐后人多矣。下面我举两个例子。

我觉得，米尔斯基对果戈理的阐释，是纳博科夫《尼古拉·果戈理》（刘佳林译，广西师范大学出版社2010年版）一书的起点。而他对赫尔岑的解读，又是以赛亚·伯林《俄国思想家》（彭淮栋译，译林出版社2001年版）一书的起点。

果戈理是一位现实主义作家，是对俄国当时官僚体制和社会生活无情暴露与辛辣讽刺的天才，这一点已成共识和常识。但是，纳博科夫却说，如果你想找到什么关于俄国的事情，如果你感兴趣的是"观念""事实"和"信息"，请远离果戈理。"要在《死魂灵》中寻找真正的俄国背景，就像根据浓雾中的艾尔西诺的那个小事件试图生成关于丹麦的概念一样徒劳。"连其中描写俄国大地风景的文字也不能据以为实，"这是果戈理个人的俄国，不是乌拉尔、阿尔泰、高加索的俄国"。因为果戈理创造的是一个变焦了的四维世界，是非理性的颠倒梦想，是纯粹的想象的结果。总之，果戈理是一个梦幻文学作家，一个非现实主义者。

这真是颠覆性的看法，相当于告诉你面前的那只鹿其实是马。可是且慢。纳博科夫这本1944年出版的小书《尼古拉·果戈理》，其根本观点在米尔斯基文学史的上卷第五章第八节早已得其先声：

> 果戈理既是现实主义者，又非现实主义者。他眼中的现实并非现实本身。
>
> 果戈理的作品并非客观的讽刺，而是主观的讽刺。……《钦差大臣》和《死魂灵》是对自我的讽刺，若称其讽刺了俄国和人类，亦为作为自我之反映的俄国和人类。

显而易见，纳博科夫不过是将米尔斯基试图平衡的观点用极端的方式表达出来，但果戈理"非现实主义"一说的专利，还是应归于米尔斯基。米尔斯基赞叹果戈理全凭想象力塑造人物，给予主观漫画化，笔触轻盈而精确，描绘的一个意外的真实竟能够使可见的世界相形见绌，这些话都经过纳博科夫的改写和扩写。比如米尔斯基发现：

> 果戈理之天赋的另一主要特征，即其十分锐利鲜活的视力。他眼中的外部世界与我们通常所见并不一致。他之所见是经过浪漫主义变形的世界，即便他与我们目睹同样细节，那些细节在他眼中亦会变换比例，显示出全然别样的意义和体量。

纳博科夫也就用了"四维""和"空间曲度"之类现代物理学概念，来浓墨重彩地复述了一遍米尔斯基。米尔斯基说果戈理喜欢夸大人物特征，再简化为几何图案，纳博科夫便一笔带出非欧几何。所以，当他说读了果戈理之后，我们的眼睛会果戈理化，我相信他一准会想到米尔斯基勾勒出的果戈理那双奇妙的复眼。

就连纳博科夫在《尼古拉·果戈理》中兴会淋漓谈了十多页的关于果戈理表现"庸俗"的问题，也是来自米尔斯基。当纳博科夫说，"俄语能用一个无情的词语表达某种普遍存在的缺点，而我碰巧掌握的其他三种欧洲语言却没有这个专门词"，而这个词就是"poshlost"（庸俗），也许他早就忘了米尔斯基已经要言不烦地写到了果戈理：

> 他在现实中所关注的层面是一个很难被翻译的俄语概念，即"庸俗"（poshlost），这个词的最佳翻译或许可以是道德和精神上"自足的自卑"（self-satisfied inferiority）。

> 他是一位伟大的禁忌破除者，伟大的禁区摧毁者。他使庸俗占据了从前仅为崇高和美所占据的宝座。历史地看，这便是其创作最重要的层面。

而纳博科夫谈起果戈理小说的"不相关的细节之流"，我相信也一定受到米尔斯基经常提到的"多余的细节"（superfluous details）的启发。

至于以赛亚·伯林《俄国思想家》一书受米尔斯基的恩

惠，刘文飞译序中转引了牛津大学教授杰拉尔德·史密斯（G. S. Smith）的一句话，已经泄露了天机："米尔斯基关于赫尔岑启蒙自由主义的分析无疑对以赛亚·伯林本人关于赫尔岑的阐释产生过影响，伯林关于赫尔岑的阐释则是他对俄国思想所做阐释的基础。"

的确，陆建德曾说："《俄国思想家》一书中真正的主角是伯林素来佩服的赫尔岑。"此书最重头的一篇《辉煌的十年》，以及《赫尔岑与巴枯宁论个人自由》，其精义从米尔斯基上卷第七章第三节关于赫尔岑的短论中早已被抉发。米尔斯基认为，赫尔岑在政治史、思想史和文学史上都占有同等重要的地位，任何一部俄国思想史都不能不探讨赫尔岑的许多观念：

> 其思想的核心也始终是自由而非平等。很少有俄国人如赫尔岑这般强烈地意识到个性的自由和人的权利。
>
> 他的思想主要为历史思想，他将历史理解为一种自发的、非预设的、不可估量的力……他发现了形成过程中的"创造性"，认为每一个未来之新均相对于每一个过去而言，他那些对一切宿命论思想、对一切引导人类历史的外在理念之作用进行批驳的段落，属于他写下的最精彩的文字。

好了，这已经给伯林的《俄国思想家》定了调了。他好像从导师那里刚刚谈了话出来，豁然开朗，知道自己的论文朝哪个方向做了。他那些神完气足的引述、分析和证明，那些对自由人文传统的梳理，对决定论进步哲学的批判，以及对赫尔岑智慧的广度、智性的公正及其对历史直觉的精深所做的评价，看得出，都是对米尔斯基尽情而出色的发挥。伯林没有在文中致谢米尔斯基，是个不小的疏忽。

伯林写《托尔斯泰与启蒙》，开篇即引尼古拉·米哈伊洛夫斯基（Nikolay K. Mikhaylovsky）的《托尔斯泰的左手和右手》（1875）一文，说它从思想和道德两个方面为托尔斯泰做了精彩辩护，并分析了其观念中的一个内在的冲突。伯林谦称自己以下的评论只不过是对米哈伊洛夫斯基"加以引申注释而已"。这种谦逊的风度会迷倒所有人，可是他第一句话就不够诚实，说这是"在一八七零年代中期的一篇业已为世所忘的文章"。谁说忘了？米尔斯基文学史的前后两卷，两个讲托尔斯泰的专节，都提到这位"精明的批评家""极其敏锐的批评家"，能够发现托尔斯泰世界观中真正的革命性基础，并能够预见其后来的思想发展。而在"激进派的首领们"那一节，米尔斯基也专门提到米哈伊洛夫斯基和他论托尔斯泰的这篇文章："他以惊人的判断力预见托尔斯泰思想实质上的无政府主义根基，这一根基派生出托尔斯泰后来的社会学说。"（上卷，7.4）

具体到托尔斯泰的写作手法，我只须将伯林与米尔斯基的两段文字并置，读者自可分辨其间的互文关系：

　　托尔斯泰之天才，原在于能重现难以重视之物，而精确入妙：巧摄个体完整、难以移写之个性，灵现如神，引使读者切悟客体直即目前之本相，而非仅见一平白应付之描述；为造此境，他运用能凝定某一经验特质的象喻，而力避一般语词，俾免其因为偏利于事物通性而漏失个别差异——"感觉的振动"——以至于特殊经验与类似事例浑连不分。（伯林《刺猬与狐狸》）

这种细致解剖、探究原子的手法……后被维克多·什克洛夫斯基称之为"陌生化"。此方法之内含为，从不以被普遍接受的名称来称谓复杂的事物，总是将一个复杂的行为或对象分解为众多不可再分的组成部分，它仅客观描述，而不指名道姓。这一手法自周围世界剥离那由生活习惯和社会习俗附加上的标签，展示其"非文明"面貌，一如亚当于创世首日之所见，或一位天生的盲人初识天地。（上卷，8.1）

纳博科夫和伯林均受益于米尔斯基，而后者所得尤多，但两人对米氏文学史的评价高低不一。纳博科夫是推崇备至："是的，我十分欣赏米尔斯基的这部著作。实际上，我认为这是用包括俄语在内的所有语言写就的最好的一部俄国文学史。"伯林却有赞有弹："米尔斯基的评判十分个性化，他提出的史实往往并不准确。""他不是一位有条理的批评家，他的著作中有大量随心所欲的遗漏。"史密斯教授反驳说，怎么会？米尔斯基堪称完美。我读到这里，想到的是陆建德在其《思想背后的利益》中有关伯林的诸篇所谈到的此人的心机。

（三）

一部伟大的文学史，能够提升对于一国文学整体的思考水平。英美的学子有米尔斯基打底子，对俄国文学的思入不可能陷于庸常。中国文学就缺这样一部史。坊间虽有上千部，不沦为点鬼薄、户口册、流水账者几稀。我翻看刚出版的《哥伦比亚中国文学史》三巨册，发现王渔洋讲了七页，而老杜居然只得两页，就觉得新鬼大，故鬼小，很不靠谱。学界评价很高的夏志清《中国现代小说史》，引钱锺书的《围城》一口气能引六页半，而鲁迅的《故事新编》连介绍带评价，六行半就打发掉了。多纳德·戴维（Donald Davie）评价说，米尔斯基两卷本《俄国文学史》犀利深刻却又趣味宽容，结构出色而又比例得当，是文学史写作的样板。如果拿这个标准来看林林总总的各类文学史，那真是六宫粉黛无颜色。总之，以文采、学问、史识三个向度来衡量，米尔斯基有多好，别的文学史就有多不好。

从麻雀山到樱草丘：关于赫尔岑的随想

　　终于，我敛衽拜读了赫尔岑的《往事与随想》，项星耀译本，人民文学出版社1993年版，上中下三部，一千五百页。此书写于一百五十年前，现在读起来，感觉就像以赛亚·伯林说的，"现代得惊人"。赫尔岑从1812年莫斯科大火写起，经过1848年欧洲革命，一直写到1867年，他与加里波第同在威尼斯欢庆意大利只差一脚的解放，跨越了半个世纪。作者波澜壮阔的人生场景，不同民族的斗争与生活的漫长画卷，在莫斯科的麻雀山和伦敦的樱草丘之间相继出现、变换和消失。"它们有时引起的是微笑，有时是叹息，有时也可能是啼泣……"（下册，第428页）。打过交道的历史名人至少有两打，恰达耶夫、别林斯基、马志尼、加里波第、密茨凯维奇、普鲁东、巴枯宁、欧文，都不是泛泛的握手之交，连詹姆斯·罗斯柴尔德，沙皇尼古拉也不得不买账的犹太银行家，也有浓墨重彩的一笔。曾经沧海的赫尔岑，其人深情而卓识，是贵族气质和民主智慧的统一；而其文沉郁而通脱，隽语络绎，胜义纷呈，令人目不暇接，足资我转述与抄录，连评点也似多余。

我的侧重点，不在从时间轴上追寻其"往事"，而在从空间轴上检视其"随想"（刘文飞认为，原文的думы应该译成"沉思"，若作"随想"分量就轻了，极是，但我姑且从俗）。由东向西，我选取了社会形态不同、发展程度各别的几个国家，俄国、德国、法国、英国与荷兰，来展示赫尔岑的政治理想、历史意识与社会价值的诸多面向，以及投诸其上的苦痛、欢愉、困惑与纠结。

（一）俄国

这本《往事与随想》，如果有一个副题，那就应该是：俄国与西方。

西方是一个滑动的概念。就像恰达耶夫《疯子的辩护》所说的，俄国夹在德国与中国之间，是西方的东方，又是东方的西方。但别尔嘉耶夫说出了那个时代的共识：西方只是英国和法国。"不过，对我们而言，德国也是西方，在德国，理性主义也占据着上风。对印度和中国来说，俄罗斯则是西方。东方和西方是有条件的。"（《自我认知》）

然而无条件的是，在那个熟悉的语境中，在那条歧视链上，东西之别就等于文野之分。19世纪拖着辫子的中国不必论，俄国人对这个问题最揪心，因为西方从来就是与俄国对位的镜子，只有以西方为坐标，俄罗斯才能找到自己的存在意义。在进步的西方面前，他承认自己野蛮。在堕落的西方面前，他相信自己文明。这样的精神分裂，在赫尔岑身上也有所表现。

赫尔岑一生都在控诉沙皇俄国的野蛮。1825年十二月党人起义失败后不久，少年赫尔岑在莫斯科麻雀山上与好友奥加辽夫相拥而发誓，要为俄罗斯的解放事业献身。从那时起，尼古拉一世三十年的暴政，是持续了两代人的瘟疫，俄罗斯思想的动脉被钳住了。"在尼古拉统治下，爱国主义成了某种皮鞭和警棍，尤其在彼得堡，为了适应它的世界主义性质，这股野蛮的风气愈演愈烈……"（中册，第129页）一滴不小心为波兰洒下的眼泪，就能换来牢狱之灾。

尼古拉唯一的爱好是步法操练。他十分勤政，事无巨细而必躬亲，连赫尔岑的出国护照都得由他特批。赫尔岑第一次流放外地五年后回到莫斯科，给父亲写信时，谈到一个岗警杀人抢劫的事。信被宪兵拆开，认定是攻击政府罪，立即汇报给沙皇。特务机关第三厅的主任杜贝尔特，跟赫尔岑对话如下：

"……我讲到这无稽之谈时，坚信它纯属虚构，您却根据这谣言攻击整个警察机构。这完全是出于诽谤政府的不幸情绪，这种情绪是西方的腐朽影响在阁下身上的反映。在法国，政府与各党派水火不相容，它们也任意诋毁它；可是我们不同，我们的政府像慈父，一切都可以在内部解决……我们正尽一切力量要让社会尽可能保持安定和平静，然而有些人不顾惨痛的教训，坚持徒劳无益的反对派立场，企图煽动舆论的不满，用口头和书面传布谣言，说警察在大街上杀人。是不是？您在信上写过这事吧？"

"……我这信只是写给父亲的家信。"（中册，第53页）

言论自由在俄国，赫尔岑说，永远被看成放肆，当作谋反。彼得大帝照搬了欧洲能搬过来的一切东西，"然而，那些给政权套上道德的马嚼子，从制度上对个人的权力、思维的权力和真理的权力加以认可的做法，却无法照搬也未被照搬过来"。在《彼岸书》中赫尔岑说，奴役和教育同时增长，"国家越是强大，个人就越是弱小"。

赫尔岑属于西方派，而与斯拉夫派观点对立。但是，最国际化的赫尔岑，同时也最俄国化。在经受了对西方的幻灭之后，他走回到与斯拉夫派接近的地方。他在著名的给斯拉夫派的悼词中说：

> 是的，我们与他们是对立的，但这种对立与众不同。我们有同样的爱，只是方式不一样。……这是一种无边无际的、笼罩着整个生命的爱，对俄国人民、俄国生活方式、俄国思想气质的爱。我们像伊阿诺斯或双头鹰，朝着不同的方向，但跳动的心脏却是一个。（中册，第165页）

我们一直奇怪，俄国知识分子无不具有对祖国的谜之崇信。整个民族强烈自恋，而自恋是因为文化上的深度自卑。赫尔岑痛心于这种自卑，"在我们的颅骨上，取悦于人的结节特别发达"。所以，俄国人对待欧洲人总是低声下气，把差异当作缺陷，无法从德籍官僚和法国教师的蔑视下解放出来。

赫尔岑在传统的村社中看到了独特的未来发展的天赋，正如他在青年中看到了未来。他刚刚还在冷冷地描述年轻一代对德国哲学的生吞活剥，现在却骄傲地反问："试问，在现代西方的任何角落，任何地方，你们会见到这么一群群思想界的隐修士，科学界的苦行僧，这种把青年的理想一直珍藏到白发皓首的狂热信徒吗？"（中册，第40-41页）他赞叹俄罗斯的生机和活力，赞叹新一代高尚，纯洁，热烈，不考虑物质，忠实于自己的使命，而且，"同学中没有一个告密的，没有一个奸细"。（上册，第103页）

赫尔岑对民族感情的维护，有深刻的理性一面。他认为斯拉夫主义或俄罗斯主义是外来冲击的产物，是作为一种被侮辱的民族感情，一种模糊的回忆和忠贞的本能而出现的：

> 民族性的想法本身就是一种保守思想，它是为了维护自己的传统，对抗外来的影响。它含有犹太人的种族优越性观念，贵族对纯正血统和世家门第的自我吹嘘。民族性作为旗帜，作为战斗口号，只有在争取民族独立，推翻外来压迫的时候，才带有革命的光辉。因此民族感情及其一切夸张之辞，在意大利和波兰是充满诗意的，然而在德国却是卑鄙的。（中册，第126页）

可是，这种受了伤的自尊心，以及受外来压迫和侵略的谵妄症，被俄罗斯民族扭曲放大成不可理喻的弥赛亚心结：从拜占庭的第二罗马，到莫斯科的第三罗马。平视西方，甚至拯救人类，就看俄国的了。在这一点上，赫尔岑未能免俗。他固然痛恨帝俄用强势的皮靴碾碎了别的弱小民族的基本生存，甘为波兰一掬同情之泪而不惜与同胞闹翻，但他对俄罗斯野蛮落后的厌恶，与对祖国蕴蓄的力量的赞赏，经常混杂在他的话语中。对他而言，俄国的伟大天赋和对于西方与世界的使命，也是无须论证的，必须强调的。E.H.特鲁别茨科伊说："俄国要么是充当救世主的民族，要么什么都不是；宇宙的东西和俄罗斯的东西，是一回事。"（《新的和旧的民族救世主说》，1912）而赫尔岑早就说过："对我们而言，俄罗斯民族大于故乡。"

（二）德国

赫尔岑说到德国，没有好话。这很奇怪，因为他母亲就是德国人，德语是他真正的母语。他的《彼岸书》最初的版本是德文版。但在他眼里，德国人粗鲁无礼，枯燥无味，迂腐无力，是闯进大都会的乡巴佬。他们算计得很迂腐，自私得很幼稚，带着甜得腻人的感伤情调，哪怕思想最激进，私生活领域依然是市侩，身上有一种连歌德都不免的鄙俗气。

赫尔岑对市侩的轻蔑与憎恶，与他对专制的愤恨构成其思想的两个端点，而德国偏偏是两者的结合。那个毁灭了赫尔岑家庭的德国诗人黑尔韦格，正是市侩世界的代表。在《往事与随想》最伤心的篇章《家庭悲剧》中，赫尔岑描述了一出莎士比亚式的悲剧，伴随着惊心动魄的声音、灯光的熄灭、呻吟和生命的消失，还有市场上叫卖与讨价还价的嘈杂。黑尔韦格的妻子在大难临头之际还在给赫尔岑开账单，不费分文地索要她孩子的袜子。埋单者苦笑道："德国人真是了不起的民族！"

赫尔岑嫌弃德国人，跟这有关。他连带着不喜欢几乎所有德国人，包括马克思，被他封谥为"天字第一号怀才不遇的天才"。他们不能简单地看待世界，像浮士德博士一样，始终保持着否定精神，沉湎形而上学的理论，一行动就出洋相。德国的学究式的革命无法走向广场，因为领导人是教授，将军是语文学家，战士是戴圆形软帽的大学生。赫尔岑说：

> 我不相信，世界的命运会长期掌握在德国人和霍亨索伦王朝手中。这不可能，这违反人类的理性，违反历史的美学。我要说的话与肯特对李尔说的正好相反："普鲁士，我在你身上看不到必须称你为国王的东西。"（下册，第462页）

既然西方意味着自由，专制的德意志就不算西方，何况德国人在文化精神上本来就是分裂的。历史学家S.平森说："德意志从来就没有与西方文化融为一体。强烈的反西方传统一直存在。"在托马斯·曼眼中，德国永远是欧洲的精神战场，所以他在"一战"快结束时写道："从战争开始以来，我心中长期抱有的愿望就要实现了：与俄国媾和！首先与它媾和！如果战争还要打下去，就将只和西方打！"事实上，日耳曼人只被西欧视为比斯拉夫人开化程度稍高而已，所以自身也带有一种非西方心态，他们与斯拉夫俄国惺惺相惜。

但赫尔岑并不跟德国人相惜，他瞧不起普鲁士同样存在的警棍和书刊检查制度。他认为，德国在政治上只属于二流地位，却竭力想扮演一流角色。但他却准确预见了德国人不远的将来。当三十多块色彩斑驳的碎块被普鲁士涂上同一颜色后，就会用刺刀给欧洲颁布法律，用霰弹来执行，因为它拥有比别的国家更多的刺刀和霰弹：

> 普鲁士吹响了震耳欲聋的号音，要开始最后的军事审判，这能唤醒拉丁欧洲，告诉它文明的野蛮人正在到来吗？（下册，第462页）

（三）法国

赫尔岑关于自由西方的想象，真正崩溃于1848年，在巴黎。法国二月革命爆发，工人们推翻了七月王朝，成立了共和国。赫尔岑从意大利赶回来，却目睹了工人起义遭到残酷镇压，三千多人被枪杀。路易·波拿巴在随后的普选中高票当选为总统，三年后发动政变。共和国的检察官监督投票和计票，告诉投票的人不听话就甭想过好日子，然后全法国一致为接下来的帝制投了赞成票。

赫尔岑以为在法国能看到他追慕已久的自由，没想到却遇见最血腥的专制。夏多布里昂早在《墓畔回忆录》里说过，"法国人不爱自由，他们追求平等。但是平等和专制却有秘密的联系"。赫尔岑也终于领教了：

他们像仇视叛逆一样仇视独立的思想，甚至过去的独创性见解也遭到他们的非议……这种高卢感情竭力用群体代替个体，他们追求平均，追求军队式的统一，追求集权，即追求专制的思想，就是建立在这个基础上。（中册，第430页）

这种专制有着深厚的群众基础，现在赫尔岑发现，自己身处一个暗探的王国，信件被无耻地拆阅，走到哪都有人跟踪。他由衷地钦佩，告密者能够把做人的良心讲得头头是道，还能写革命的文章。他们受到政府的奖励，教会的祝福，军队的保护，而且不怕警察，因为他们本身就是警察。英国的警察被敌意包围，只能靠自己——

在法国却相反，警察组织是最富于人民性的机构，不论什么政府取得了权力，警察便是它手中的现成工具，一部分民众会以全部的疯狂和热情，那种理应加以抑制而不是纵容的力量帮助它，他们以私人身份可以使用警察所不能使用的一切可怕手段。人们怎么能躲避小店主，管院子的，裁缝，洗衣妇，卖肉的，姐丈和妹夫，嫂子和弟媳妇呢？（中册，第388页）

1848年的一个冬夜，赫尔岑走过旺多姆广场，发现一个波兰人在纪念柱下脱帽，不禁望着柱顶上的拿破仑雕像，想：既然这么多人爱戴他，又怎能指望不受他压制和迫害呢！他在《彼岸书》中说：一般来讲，法国老百姓语文都不好，对"自由"与"共和国"没概念也没感觉，听到"帝国"和"拿破仑"却有如电击，因为他们拥有深刻的民族自豪感。"拉丁世界并不爱好自由，只喜欢为它而斗争；它有时为了争取解放出生入死，但永远不会为了保卫自由鞠躬尽瘁。"（中册，第441页）

《往事与随想》给欧洲革命的流亡者的许多速写，特别令人印象深刻。这些"流亡者行会"中，大体上来说，意大利人可敬，波兰人可怜，德国人可鄙，而法国人可笑：

> 在咖啡馆里，形形色色的革命老主顾一本正经地坐在十来张小桌子旁边，从宽边羔羊皮帽下，从鸭舌帽的小帽檐下，意味深长地、悲天悯人地望着周围。他们是革命的珀涅罗珀的永恒的求婚者，一切政治示威中必然到场的人物，他们构成了革命的"场面"和"背景"，远看很可怕，像中国人拿来吓唬英国人的纸糊的龙。（中册，第285页）
>
> 他们从童年起就习惯了政治骚乱，爱上了它的戏剧性一面，它那种庄严而辉煌的景象。正如尼古拉认为步法操练是军事训练的主要方面，他们也认为，宴会、游行、示威、开会、祝酒、旗子是革命的主要内容。（中册，第286页）

还没有解放自己，却只想解放别人，赫尔岑将他们命名为"革命的合唱队"，并由此看见了法国革命未来的无望。法国人自认为是世界的中心，是历史的发动机，总觉得动见观瞻，我不走别人都不走，因为不知道怎么走。但是，赫尔岑认为，法国人在精神上是不自由的。他们按照流行的观念和公认的形式来思想，给观念披上时髦的外衣就心安理得了。

越到这部回忆录的后面，赫尔岑越是相信，普鲁士的时代到了，而法国已然过气。他们那唯我独尊的心态、夸张浮滥的发言、花哨华丽的外表，以前可以原谅的，现在不行了。赫尔岑死后半年，普法战争爆发。但他三年前就已经预告了德国的战盔将从莱茵河对岸潮水般涌来。

（四）英国

赫尔岑在巴黎感到窒息，直到透过雨雾望见英国泥泞的白垩海岸，他才呼吸自由。

伊恩·布鲁玛在《伏尔泰的椰子》一书中，把赫尔岑归入崇英者行列，但说他态度有点暧昧。随着年纪越大，在英国住的日子越多，赫尔岑就越欣赏那个雾蒙蒙的国度泥泞难行的中庸之道。独立的司法系统，自由的新闻出版，得到了英国人普遍的、基本的尊重。恩格斯到英国两年，就说："英国无疑是地球上（北美也不除外）最自由的，即不自由最少的国家。因此，有教养的英国人就具有在某种程度上说来是天生的独立自主权利，在这一点上法国人是夸不了口的，德国人就更不用说了。"（《英国状况·英国宪法》）从严格意义上说，整个亚欧大陆的最西头的英国，才是真正的西方。

英国法律赋予的权利和自由，都穿着中世纪的服装和清教徒的大褂，其曲径通幽使赫尔岑惊叹，认为法国人不可能理解：

> 英国法律中互不协调的多种多样的判例，使他感到困惑，仿佛走进了黑暗的树林，根本看不到树林中高大雄伟的栎树，也看不到正是在这种千姿百态中包含着它的诗意、美感和意义。一部小小的法律全书就像一个小巧玲珑的园林，大自然不能与它相比，那里有的只是沙砾小径和修剪整齐的树木，园丁则像警察一样守卫在每一条林荫道上。（下册，第28页）

小小的法律全书，当指拿破仑法典，伟大的成文法，拉辛一样精确，但英国的法律却像莎士比亚一样繁复。这是赫尔岑的栎树，也就是伏尔泰的椰子，在印度能成熟，在罗马却不会。即便在英国，成熟也是需要时间的。"橘生淮南则为橘，生于淮北则为枳，叶徒相似，其实味不同。所以然者何？水土异也。"所以，伏尔泰自诩他在费尔奈的花园满满的英式风格，布鲁玛却断定还是太法国化。陆建德在北京的公园里所见的常青椰子树，更是塑料做的了。

如今我们耳剽口熟，英国穷人的屋子，"风能进，雨能进，国王不能进"，赫尔岑却是亲证了英国人在法律保障下的自由。能容人，不扰人，世代相传的习惯法，守而勿失，民以宁一。赫尔岑赞赏这个制度设计："与其使每个正直的人在自己家里像贼一样发抖，不如让机灵的贼逃脱惩罚还好得多。"（下册，第29页）

在《往事与随想》中，赫尔岑详细地记录了一次庭审，主审法官有着伏尔泰一样的老妇人形象和狡黠的眼神，但身体倍儿棒。这不是无关紧要的闲笔。正如赫尔岑揭示的，英国人体质和教养的一大秘密，是他们精力旺盛，工作按部就班，食量大，喜欢体育竞技，冷静。他们冷静地吃着热牛排，而法国人热烈地吃着冷牛肉，所以，"英国人失去自己的财产比法国人得到自己的财产更平静，从不大喊大叫；他开枪自杀像法国人前往日内瓦或布鲁塞尔旅行一样简单"。（下册，第100页）

但赫尔岑对英国并非有赞无弹，他知道不列颠各阶层的不同状况与阴暗面。他写到伦敦最偏僻的富勒姆区，住的是蓬头垢面的爱尔兰人和面黄肌瘦的工人，煤烟灰给街道披上了丧服似的黑纱，没有光，没有色彩，没有手推车和出租马车，连狗都找不到一点吃的。偶尔有一只皮包骨头的猫爬上屋顶，弓着背，靠着烟囱取暖。（下册，第315—316页）

还有一个让赫尔岑不爽的地方，也让马克思、恩格斯不爽过，那就是英国大众素有排斥异己的传统，以及无形的社会偏见：

英国人的自由主要得力于设施，不在于他本人和他的良心。他的自由来自习惯法，来自人身保护法，并非来自个性和思想方式。在社会偏见面前，骄傲的不列颠人低下了头，毫无怨言，恭恭敬敬。（下册，第202页）

一个国家，政府的干预越少，言论和自由独立的权利越能得到承认，群众也越是不能容忍异己，舆论也越是带有强制作

用；你的邻居，你的肉商，你的裁缝，家庭，俱乐部和教区，都随时在监视着你，对你履行着警察的职责。（下册，第211页）

所以拜伦不见容于英国。赫尔岑很讶异地发现，政治上受奴役的大陆，精神上却反而比英国自由。因为大陆人忍受权势，但不尊敬；忍受锁链，但不喜欢。英国人却拘于习俗和成见，甘于集体的平庸。别人不做的事你不能做，别人都做的事你也不能不做。大家相互盯着。

伯林说："赫尔岑终其一生对外部世界有清醒的认识，而且很有分寸感。"（《反潮流》，第235页）他欣赏英国的不仅仅是自由，还有古老的世家和仪式，这与赫尔岑的大贵族背景是有关系的，因为对他来说，"要是没有这些贵族，那么英国就会变成资产阶级气十足的美国，或者成了荷兰那样的小店主国家"。

（五）荷兰

没有去过荷兰的人，也可以充分地想象荷兰，在17世纪荷兰画家的画框里。低地的运河，晦暗的云朵下驶来的帆船，人物在室内劳作，脸色红润，神态安详。两百年不变的这景象，让赫尔岑感到，自由的欧洲是疲倦的，停顿的，接近了饱和状态。

他在阿姆斯特丹买过一幢不大的房子，由此产生的票据和契税让他很劳神。在赫尔岑的意识中，标准的西方是英国、瑞士和荷兰。彼得大帝不是到荷兰学习过造船吗？出于航海和生意的需要，荷兰人培养出商业道德与契约精神，以及对自由和宽容的信赖。然而，英国有贵族气息，瑞士很穷但很健康，荷兰却是纯粹的市民社会，用赫尔岑的说法是，它在市侩制度中找到了巩固自己社会的方式，而令他大失所望：

> 看看西方那个最稳定的国家，那个已开始生长白发的欧洲国家——荷兰，这里，那些伟大的国务活动家，伟大的美术家，高雅的神学家，勇敢的航海家如今在哪里呢？还要他们做什么呢？难道它由于没有他们，由于生活平静，社会安定，便不幸福吗？它会指给你看它那些建立在干涸的洼地上的含笑的乡村，它那整洁的城市，那整齐的花园，那舒适恬静的生活，它的自由，说道："我的伟大人民为我取得了这自由，我的航海家留给了我这份财富，我的伟大艺术家美化了我的住宅和教堂，我觉得一切都很好，你们还希望我怎样呢？与政府展开尖锐的斗争？然而难道它压迫人民吗？……但从这生活能得到什么呢？"（下册，第63页）

面对荷兰，赫尔岑早已经得出了福山式的结论："荷兰跑在前面，它是第一个安于现状、让历史终止的国家。成长的终止是成年的开始"——

> 与此同时，思想水平、视野、审美情趣降低了，生活变得空虚，除了外界的冲击有时带来一点差异以外，只是单调的循

环，稍有波动的一泓死水。议会在开会，预算在审查，演说头头是道，形式略有改进……明年还是这一套，十年以后也还是这一套，生活进入了成年人平静的轨道，一切只是例行公事。(下册，第234—235页)

这就是B.B.津科夫斯基所说的"关于现代性的审美悲痛"："账房先生的正直取代了骑士的荣誉，循规蹈矩取代了优美的风度，僵化的程式取代了礼节，狭隘取代了高傲，菜圃取代了花园，向一切人（即一切有钱人）开放的旅馆取代了公馆。"（中册，第368页）"他们循规蹈矩，爱好德行，回避罪恶；他们的言行举止带有夏天既不下雨又无太阳的阴霾日子的某种魅力，至于他们缺少的，那是无关紧要，不值一提的，正如尼基塔沙皇的公主们一样……他'也缺少那个'，而缺少了那个，其余一切就不足称道了。"（中册，第180—181页）这些规行矩步的人共同构成一种无形的社会压力，一种思想与习俗的暴政。在《法意书简》中，赫尔岑说，这无暴政的暴行之可恶更甚于沙皇政权，因为后一种你知道厌恶谁，前一种则是匿名的集体，为了金钱，出于恐惧，进行着无兴致的扼杀、无信仰的压迫。

赫尔岑心下了然。在他的梦想终结处，没有密探，没有政治犯和绞刑，没有警察半夜敲门，但也没有个性，没有激情和狂想，没有创造性。伟大的梦想已经死灭，每一个铜子都被用于精明的投资，人们只为暴利冒险，艺术与思想的花朵得不到滋养而枯萎。赫尔岑哀鸣：

这就是小市民阶层——这是西方文明的最后形式，文明的成年阶段——文明的一系列梦境以其为结尾，成长的故事和青春的故事以之为终结。(《开端与终结》)

（六）乐土

追日的赫尔岑的滚烫的能量，冻结在了西方的乐土。

贵族革命家的双重身份，使得他一方面珍视人的自由，另一方面蔑视功利的计较。他懂得，金钱对一个人总是意味着独立与力量，做贫穷的奴隶是可怕的。听从罗斯柴尔德的指点，他买了美国的股票，购置了荷兰的地产，让自己变成了西方的食利者。从前在俄国，自有乌进孝之流替他打理巨大的田产。现在他得自己跑证券市场，跟银行家和公证人打交道。他罕见地拥有财务自由，在流亡的革命家中只有他能做孟尝君，每天家里管着几桌饭，还不时资助事业经费。而这些钱，是俄国的农庄和美国的工场为他提供的，这让他很分裂。

赫尔岑虽然头脑清明有余，但灵魂深处是浪漫的。诗意与美学，对他来说至关重要。英国法律的幽邃丛林他很欣赏，是因为所包含的诗意；德国强悍的未来他看不起，是因为不符合历史的美学。但是，这一点太隐蔽了：赫尔岑骨子里未尝没有感染到俄国人的通病，把贫穷纯洁化，把苦难崇高化。西方的商业社会和市民阶层及其平淡安稳的生活非俄国人之所欲，最终还是艰苦的反抗、高贵的牺牲中呈现的人格光辉打动得了他们。一句话，俄罗斯无苦不欢。

赫尔岑最后还是同意斯拉夫派的观点：俄国不需要重复西方，而应该走自己的路。我们难道也得像西方人一样，把乡村小道换成大马路，然后修铁路？不，我们没有必要按照另一种规律重新开始。极重个人道德和英雄气概的赫尔岑，瞧不起平庸、老实、不出彩的事功精神。他崇尚热情与高贵的品质，天生要干一番大事业，也欣赏那些豁得出去干大事业的人。他说：

> 当法兰西人民族性中好的本质尚未被压抑，或其已经从如一层绿布般的苔藓覆盖整个法国的琐碎而又肮脏的小市民阶层中挣脱出来时，法兰西人性格是多么精力充沛、英勇豪迈、高尚正直呀！（《彼岸书》）

可是，革命的钟声不再敲响，劈啪作响的只有资产者和小市民的算盘珠子。问题是，推翻专制的暴力革命又能怎么样？由不平和仇恨导致的"彼可取而代也"，在赫尔岑看来毫无建设性："第一个砸碎锁链的人，也许便可以占有主要的位置，不过他自己也会马上变成警察。"（下册，第44页）

赫尔岑珍视人的自由，但也非常清楚：大众对于个性自由、言论自由不感兴趣，他们喜爱的是权威，他们头晕目眩于政权身上迷人的光泽，他们把平等理解成同等程度的压迫，他们连想也不想自己管理自己的事。（《彼岸书》）这样的大众，不过是穿翻领衫的儿童。可见人类的成年阶段也不过是进入市侩社会，然后停留在那里。全书最后的附录，有卡莱尔给赫尔岑的信。这位《英雄与英雄崇拜》的作者说，他尊重俄国人民拥有的"服从的天赋"，认为比起在议会辩论、出版自由和普选计票中发展起来的无政府状态，沙皇制度更为可取。这让赫尔岑大吃一惊。更吃惊的是他看到，整个欧洲竟然到了需要专制主义的地步：

> 曾有一个时期，半自由的西方对压在沙皇宝座下的俄罗斯投以鄙夷的目光，受过教育的俄国人则望着幸福的兄长们叹息不已。这个时期过去了。大家已在向奴隶制度看齐。（中册，第145页）

赫尔岑既反对尼古拉，也反对荷兰。可是他从未设想过，还可能有一个尼古拉的荷兰，混合了专制主义与市民社会，他心目中最糟糕的两样东西。一个美丽新世界，政府像慈父或者老大哥（big brother），一切都可以在内部解决，尽一切力量让社会保持安定与平静。具文的宪法，举手的议会，经济的自由化。路灯明亮，警察彬彬有礼，法律保护商务合同。人们操持着家务，按规矩和榜样教育孩子，享有政治正确的言论自由，还有音乐会。这就像令茨威格不胜低回的《昨日的世界》，却会让赫尔岑落得两手空空。

波德莱尔与永井荷风

（一）

我一向不喜欢"唯美主义"这个名目，要是像日本人那样翻译成"耽美主义"就好了。难怪英国的"唯美主义"文学不合我口味，而日本的"耽美主义"文学，特别是其中两大家，永井荷风与谷崎润一郎，却为我所耽爱，耽而不唯的爱。两大家中，谷崎润一郎的写法更高妙，创造出了最纯净的日本之美，但从为人处世的风格上来说，我更感兴趣的是永井荷风。他那与世相违的活法，已成日本文人的标格。

永井荷风（1879—1959），别号断肠亭主人，出身于书香门第。父亲永井久一郎做过东京国立图书馆馆长和文部大臣秘书官，是著名的汉诗人，书斋里悬挂着大清国驻日公使何如璋写的书轴，家中常举行雅集，吴汝纶和郁达夫的哥哥郁曼陀都参加过，所以荷风从小熟悉诗酒风流的汉文化。但他吃的却是西餐，一副西洋人打扮，有良好的西方文学素养，二十四岁就去美国和法国游历，晃荡了五年，写有《美利坚物语》和《法兰西物语》。他一生衣食无虞，活得非常滋润，有一阵被请去庆应义塾大学做法国文学教授，也不好好做下去。他从小就喜欢勾栏瓦肆的游冶，热爱民间近似单口相声和滑稽表演的"落语"和"狂言"。三十岁以后，日事笔砚之余，每晚都穿戴齐整像上班族一样到花街柳巷去泡。他之成为东洋色道文学也就是情色文学的大师，是有长期的基层生活经验的。荷风差不多终身独居，只闪婚两次，第一次是遵父命娶一位木材商的女儿为妻，父亲一死就离了婚，前后不到半年。第二次是娶艺妓八重次为妻，自谓得享半年清福，后因荷风移情别恋，八重次便回新桥的教坊去重操旧业，荷风也不以为忤，可谓惊世骇俗。

荷风一辈子我行我素惯了，真是由着性子活，而活出一个特立独行的自我。他坚执自己的感觉、趣味和思想，绝不讨好社会，也不要社会来讨好自己。孤独满眼，沉疴缠身，乃至衰老临头，荷风都不当一回事，决计不会像芥川龙之介或川端康成那样自杀，反而把疾病和衰残视为拯救人生之苦的好帮手。他说自己：

> 甚至对于自身选定的归宿究竟如何，干脆放掷不管，而把自己当作他人一样，对于无可把握的终局甚至感到一种具有讽刺意味的好奇。(《晴日木屐》)

> 既不思国，也不忧己，抛弃父母，无家无室，一朝狂欢到极乐后的终生悲哀，对我来说是多么富有情趣的结局呀。(《法兰西物语》)

这种不可救药的个人主义，这种破痈溃疽式的对人生的痛并快乐着，让我想起袁宏道所谓的五种"真乐"，简直就是永井荷风一生出处的最好写照：

> 目极世间之色，耳极世间之声，身极世间之鲜，口极世间之谭，一快活也。堂前列锦，堂后度曲，宾客满席，觥鱟若飞，烛气薰天，巾舄委地，皓魄入帷，花影流衣，二快活也。箧中藏万卷书，书皆珍异，宅畔置一馆，馆中约真正同心友十余人，中立一识见极高，如司马迁、罗贯中、关汉卿者为主，分曹部署，各成一书，远文唐宋酸儒之陋，近完一代未竟之篇，三快活也。千金买一舟，舟中置鼓吹一部，妓妾数人，游闲数人，泛家浮宅，不知老之将至，四快活也。然人生受用至此，不及十年，家资田产荡尽矣。然后一身狼狈，朝不谋夕，托钵歌妓之院，分餐孤老之盘，往来乡亲，恬不知耻，五快活也。士有此一者，生可无愧，死可不朽矣。

荷风真快活，也真怪。他不会为阳光、宝石、天鹅绒花的色彩而感动，看见灰色冬日的病态枯树却欣喜若狂。他偏爱坏女人，梦里都是她们罂粟花一样带毒而芳香的容貌，却对纯洁无瑕的处女毫无兴趣。他害怕婚姻生活，不愿为最初三个月的激情，换得日后老是面对同样的肉体、同样的举动、同样的对话和吵架。"丈夫能够忍受这种单调的生活，一定要有惊人的毅力。"他像拜伦一样瞧不起祖国的山水，对爱国两个字嗤之以鼻，绝无日本文人少不了的爱国主义狂热，但又真懂得对国要怎么爱："我认为我们所说的爱国主义就是永远保持乡土之美，致力于国语的纯化洗练，以此为首要的义务。"（《夕阳·富士眺望》）凡此种种，都让我想到波德莱尔在《现代生活的画家》中说到浪荡子（dandy）：

> 一个人有钱、有闲，甚至对什么都厌倦，除了追逐幸福之外别无他事；一个人在奢华中长大，从小就习惯于他人的服从，总之，一个人除高雅之外别无其他主张，他就将无时不有一个出众的、完全特殊的面貌。
>
> 一个浪荡子可以是一个厌倦的人，也可以是一个痛苦的人，然而在后一种情况下，他要像斯巴达人那样在狐狸的噬咬下微笑。
>
> 请读者不要对轻浮的这种危险性感到愤慨，请记得在任何疯狂中都有一种崇高，在任何极端中都有一种力量。

的确，在西洋的文人中，荷风最近似的，还是耽美派的连体兄弟——恶魔派的波德莱尔。

（二）

且看永井荷风《法兰西物语》的最后一篇《舞女》：

在微妙地撩拨着感官的舞曲中，你用脚尖像鸟一样翱翔回旋在舞台上。每一段曲子，我都在窥视你抬腿踢高的裙摆，都在窥视你抬高举双手时露出的两腋。躺着的时候，你像空中翻滚的云彩一样横卧流溢于舞台，弯腰的时候，又像裸体维纳斯，腰部的曲线是那样的优美。啊，妖艳的你的身体，无论何时我都无法忘却。如果真要忘记的话，只有让我把你拉进卧室的帷幕后，用我的手抚摸，用我的唇亲吻，占有你肉体的晚上。而达成这种梦想又是可怕的，好像强烈的梦被破灭。我是穷人，因此我很幸福！

　　那恣情纵欲的"颓加荡"（décadent），一看就是熟读《恶之花》的文笔。难怪《法兰西物语》一出版就因伤风败俗被查禁，跟《恶之花》同一命运。

　　从美利坚到法兰西，《恶之花》一直是永井荷风的口袋书。他到了纽约唐人街，就想到这属于《恶之花》的宝库；看到巴黎卢森堡公园的秋色，也想波德莱尔亦曾如此临眺与冥思。气味真是相投啊！评论家吉田精一说："贯穿于荷风的文学世界里的一个主题，可以说是表现那种达到烂熟之极以后渐趋颓废，并伴随着这种颓废引发出诗意的忧伤的社会、风物以及人情世故。"这跟本雅明讲的波德莱尔一样，即拥有"感受破损和腐烂世界的魅力"。让-皮埃尔·理查注意到，波德莱尔极度敏感于生命的腐化（corruption）这一过程，认为所有的腐化都是了不得的高级和胜利，愿意在腐败中思考所有存在于永恒的质地。荷风在《濹东绮谭》里说：

波德莱尔与永井荷风

与其在号称洁白的墙壁上发现斑斑污迹，更乐于在被人丢弃的褴褛碎片上发现残存的美丽的锦绣。正如在正义的殿堂也往往洒落着鼠屎鸟粪一样，在腐败的深渊反而可以撷取许多美丽的人情之花和芳香的眼泪之果。

写最后这句话的时候，他心里一准想到了《恶之花》。

波德莱尔从小沉迷于女性世界的魔力，选择却只在妓女与侍女，属于永井荷风所谓"背阴处的花"。她们没有受过良好教育，而这恰恰是两位顶中意的地方。永井荷风庆幸他的阿妾八重次不识字，和明治新型的女子教育全然无关，迷信、偏见、虚伪和不健康一样不缺，但深谙生活的艺术。波德莱尔的情人让娜·迪瓦尔也愚昧无知，具有混血女子的所有恶习，说谎、放荡、使诈、乱花钱，优点则是性感，以及也许"能做个汤"。但波德莱尔说，愚笨里总是蕴藏着美，它使女人免于思想的啮咬而爬上皱纹。

波德莱尔称"浪荡主义是英雄主义在颓废之中的最后一次闪光"，而永井荷风也认为"卖色的行动皆潜藏着一种莫名的悲壮的神秘"。这是常人所不能理喻的浪子和荡妇的崇高。他俩对待女性的态度如出一辙，均为这样一种信念所支持。同波德莱尔"对一个该被鄙视的女人的暴虐趣味"和"流连于低级场所的习惯"一样，永井荷风流连欢场，说是好让自己糜烂而悲伤的心在艺妓们水性杨花的感情中得到休息。他以"甘隶妆台伺眼波"的虔诚，观察并描画她们的一颦一笑，一举手一投足。他酷爱浮世绘，认为从喜多川歌麿和葛饰北斋可以窥见日本女子的秘密：

臻于完善的江户艺术所表现的充满丰富生命内容的下町女子的日常起居活动，并不只局限于化妆时的姿态。不论是春雨中在格子门内刚刚撑开蛇目伞时的身姿，还是在那长火盆对面抄起长烟管的手势，以及夕暮之中埋在衣领内的沉思的双颊，甚至经风儿吹起的一绺鬓发，自然松解的衣带的一端，都会产生万种风情。风情是什么？不正是那种只有经受艺术洗练的幻想家的心灵才可体味、而无法用言语表达的复杂而丰富的美感的满足吗？而且这是轻淡、明快、降半音的mineur的调子。（《妾宅》）

身姿，手势，眼风，浮世绘画家将女子天然的情状与意态在最富包孕的时刻hold住，让生动的刹那作永久的凝固。这种东方式的柔弱蕴藉，以及降半音的小音程的文字，接近荷风爱读的明末王次回的《疑雨集》中那些哀感顽艳的香奁诗句，其中偏多女子美妙动人的姿态：

掠鬓初齐侧眼看，红绵新拭镜光寒。斜回雪颈些些儿，贝齿畏痕恰恼欢。（《闲事杂题》）

暖语闲兜令语挑，感卿亲赐与无聊。歌筵歇拍偷回眼，花径前行细转腰。（《无题》）

屧响盈盈下砌砖，迎风衣鬓影翩然。睡中唤起眉梢重，意外缘欢笑靥圆。（《遥见》）

永井荷风曾在《初砚》一文中，激赏《疑雨集》之极富肉体的美感，且多呈病态的情感，是人类内心秘密弱点的暴露，与波德莱尔《恶之花》中那"横溢的倦怠颓唐之美"毫无二致。《恶之花》中那些通体散发着危险之香的、灵蛇一样随着节拍摆动的、目光的一瞥能让人起死回生的女子，真是致命的诱惑：

> 试凭慧眼赏奇观，玉臂圆腓仔细看。鸿雁一身流雪浪，葡萄双簇映冰盘。（《璎珞》）
>
> 绕梁妙响协笙歌，爱汝姗姗缓步过。小立浑身呈惰态，闲愁倾泻入秋波。（《虚幻之爱》）
>
> 迷人浅笑意扬扬，别有深情凝睇长。销魂粉面飘轻縠，沾沾自负非寻常。（《面具》）

我故意用了王力1940年用旧体诗意译的《恶之花》译文，以与王次回的诗句相映成趣。不过，旧体诗的辞藻未免削弱了《恶之花》中美色的亮度和强度。波德莱尔诗里的性感女神是女祭司、女战士、女王那一类型，荡心侈目，刿心怵目；永井荷风笔下纤柔忍从的艺伎却只是背阴独坐，却更令人销魂。荷风心仪的那款阴柔的女子，以及由此而生的微妙心绪与深沉叹息，在周作人所译荷风《江户艺术论》中的一段话里有最完美的呈现，知堂老人反复引用了好多回，我不妨再引一回：

> 呜呼，我爱浮世绘，苦海十年为亲卖身的游女的绘姿使我泣，凭倚竹窗茫然看着流水的艺妓的姿态使我喜，卖消夜面的纸

灯寂寞地停留着的河边的夜景使我醉。雨夜啼月的杜鹃，阵雨中散落的秋天木叶，落花飘风的钟声，途中日暮的山路的雪，凡是无常，无告，无望的，使人无端嗟叹此世只是一梦的，这样的一切东西，于我都是可亲，于我都是可怀。

（三）

夜晚都是谈情的圣手，白天则是闲逛者的角色，永井荷风跟波德莱尔的类比可以一直进行下去。荷风最喜欢在轻暖的阳光下到东京街头漫步打望，很难说不是对波德莱尔的亦步亦趋，有样学样。但是，两人在闲逛的目的上终于有所区别。本雅明说，波德莱尔把都市比作旋转着缤纷碎片的万花筒，他在茫茫人海中寻找每日的震惊，但永井荷风却只想打捞往昔的陈迹。他的《晴日木屐——东京散策记》一开头就说，巴黎人乐意到市内散步，在观察近代世俗的同时，对过去的遗物也抱有兴趣。荷风无意于观察社会，他只对过去感兴趣，其文章的一大主题乃故物的叹逝。从这个意义上说，荷风更符合本雅明所称道的"脸对着过去"的闲逛者，被进步的风暴把倒着走的他不可抗拒地刮向背对着的未来，而他面前的是过去的废墟。"城市面貌，唉，比人心变得更快！""还有比所谓进步更荒诞的吗？"波德莱尔这两句话，更像是出诸永井荷风之口。

《晴日木屐》各篇所记东京的胜景，就是"为变幻的世界立下存照，供后人谈兴的素材"。荷风惋叹于江户时代的城市天际线已然改观，木桥变成铁制的吊桥，河岸因混凝土加固再也看不到露草之花。对于日本以文明开化之名一味引进西洋的建筑风格和城市规划，荷风真是痛心疾首，《晴日木屐》到处是尖酸辛辣的批判，而淡淡的哀伤弥漫于字里行间，仿佛一位哀悼者：

> 铁道的便利，从生于近世的我们的感情中，夺走称为"羁旅"的纯朴而悲哀的诗情；与此相似，桥梁也从不远的近代都市中剔除了"渡船"的古朴而和缓的趣味。美国虽然有装载火车的大型轮渡，但是没有像竹屋渡口那样，经河水洗涤出美丽木纹的木造船、橡木橹和以竹棹划行的彩绘般的渡船。（《水·渡船》）

写过《美利坚物语》的永井荷风，对"涂金抹银"的美国品味看不上眼，说那是一个艺术上还没有开化的国度。他问，现代生活难道非得拿出美国式的劲头才吃得饱饭？为了变成20世纪的强国，难道一定要施行从根本上破坏传统特色的暴举？可是他也无奈地预言："日本都市的外观和社会的风俗人情不久就要全部改观。即使不情愿也要美国化，不甘心也要德国化。"（《浮世绘鉴赏》）妙的是，比他早半个世纪，波德莱尔在《烟花》（Fusées）中也抨击过美国："机械将会使我们美国化，进步将会使我们的整个精神部分退缩，以致在空想者们的残酷的、渎圣的和反本性的梦幻中，将没有任何东西可与其积极的结果相比。"

在随笔《一夕》中，永井荷风引过赵翼的诗："旧稿丛残手自编，千金敝帚护持坚。可怜卖到街头去，尽日无人出一钱。"不识时务，不合时宜，这是我读荷风的感觉。此老之大可人意也就在这里。你哪怕把现代文明全部的光鲜亮丽炫在他面前，都休想让他点个头称个是。他把这个世界给废了，因为他已经把自己给废了。庄子《人间世》曰："且予求无所可用久矣。"这不也是波德莱尔与永井荷风的所求吗？波德莱尔在《我心赤裸》里说："对我来说，成为一个有用的人，是一件可憎的事。"永井荷风《答正宗谷崎二氏之批评》则说："我自觉我已然无能为力，着实无用之人，便打算看情况引身而退。"于是他们都"大隐隐于市"了。本雅明说波德莱尔"已经是从这个社会退出一半的人"，永井荷风也说自己"没有什么应尽的义务和责任，可谓身同隐士一般"。

"纵饮久判人共弃，懒朝真与世相违。"永井荷风晚年获颁文化勋章，当夜便到浅草六区欢乐街与脱衣舞女们饮酒狂欢，且拍照留念。照片上，生就一张马脸、戴一副黑边圆框眼镜的功勋获得者，正搂定一位裸女，身后簇拥着四位，相貌皆欠奉，勋章就用绶带吊起在屋子中央。荷风神情坚毅地正视前方，大有虽千万人吾往矣的气概。可以想见照片登上报端时正人疾首、君子戟指的舆论之哗然。波德莱尔一心想得到官方的十字勋章而得不到，真要是得到了，也该这样庆祝吧？他不是这样说吗——

> 他们同出一源，都具有反对和造反的特点，都代表着人类骄傲中所包含的最优秀的成分，代表着今日之人所罕有的那种反对和清除平庸的需要。浪荡子身上的那种挑衅的、高傲的宗派态度即由此而来，此种态度即便冷淡也是咄咄逼人的。

　　胡兰成在《中国文学史话》里说，永井荷风晚年冷癖不近人情，"冷是因为他们是无神论"。波德莱尔也把浪荡子的哲学看成一种宗教，内在能量惊人，被灌注的教义是perinde ac cadaver！拉丁文是"像具死尸一样"，意思是说连死都不怕，还怕什么？永井荷风曾想象过自己跳进塞纳河自杀，陈尸于某个阴冷恐怖的处所，第二天被法国报纸用漂亮的法语印出自己的名字，然后被很烂的日本报章转载。"这是多么凄美的结局啊！"他想。但最后他改了主意，觉得这样做很没意思："因为现在连自杀都是一件让他感觉麻烦的事情。"他真的对于自身的归宿"干脆放掷不管"了。八十岁时他死在自己被子从来不叠的邋遢的床上，这比四十六岁死在诊所的波德莱尔收场要好。

纳博科夫的细节

布赖恩·博伊德的《纳博科夫传》（刘佳林译，广西师范大学出版社2019年版），洋洋两大卷四大册，文笔详实而条畅，译笔精审而优美，是文学传记中少有的杰作。纳博科夫长达七十八年，横跨俄、欧、美的生命广度，以及他苦心孤诣结撰的十多种小说所达到的深度和密度，都由作者细心演绎出来，并互相加以印证，尤其难能可贵。纳博科夫自己说过：

> 文学传记写起来很有趣，但读起来通常不那么有趣。有时，文学传记成了一种双重追逐：传记作者通过书信和日记，经过猜测的沼泽地，追踪他的猎物，随后，学术对手又追踪这位沾满泥巴的传记作者。

其实在纳博科夫的场合，情形更为特殊。他的小说每被认为自传色彩甚浓，他又是那么一个极度珍惜个人经验的作家，总是将所亲历之人与事设法变形，再剪裁编织到自己的小说纹理中去。

传记作者就不仅仅要通过书信和日记，还要通过他众多的作品本身，进行复杂的解码工作。在纳博科夫人与文之间交织绷紧着的引力场中，博伊德的活儿做得已足够漂亮。

但我写这篇文章的目的，不是为这部传记说漂亮话的。相反，我读完这一百三十万字的巨著，感到意犹未尽，甚至有所不满。我们知道，纳博科夫给人的印象是一个大毒舌。比如他说起《老人与海》，"那个精彩的鱼的故事"，差不多能让海明威气得再自杀一回。要写好这样一位大毒舌，作者恐怕也应该是一个小毒舌吧。可是，由于博伊德对于传主太多的崇敬，他处处以纳博科夫之所言为信实。换句话说，他首肯了纳博科夫所说的一切。

举一个例子。纳博科夫在《说吧，记忆》中写到，他七岁时候的一次发烧，把他本来有的数学天赋——可以两秒钟内进行几十位数字开方运算——烧掉了。我不大相信这无从对证的神异之事，但博伊德信了。他如实照叙，连一个"据说"都不加。

再举一个例子。《洛丽塔》一出来就上了畅销书榜首，但马上被《日瓦戈医生》挤下来了。纳博科夫对帕斯捷尔纳克评价非常低，为什么呢？纳博科夫自己说是因为这本书支持十月革命，就历史而言不真实，比如没写二月革命。博伊德应该解释一下，但却没有。等到埃德蒙·威尔逊与纳博科夫打起笔战来，博伊德又不加思索地同意纳博科夫说的，威尔逊自己写小说老是不成功，因此嫉妒纳博科夫了。你看，纳博科夫与威尔逊的争论，就说是威尔逊嫉妒。《日瓦戈医生》抢了《洛丽塔》的风头，为什么不说纳博科夫嫉妒呢？

所以，我个人的感觉是，博伊德对纳博科夫这位语不惊人死不休的大毒舌，真的是太顺从了，太呵护了。纳博科夫怎么说，博伊德就怎么信，简直照单全收。他并没有跟纳博科夫对质一下，甚至对战一下，是令人遗憾的。

本文的缘起是《纳博科夫传》，但目的却是想由此讨论一下纳博科夫的小说，小说的细节，以及细节带来的问题。我认为，这也是现代小说的一个一般性问题。

（一）

通常的小说家会笼统地说"酒酣"，高明的小说家则会说"耳热"。"酒酣"抽象，"耳热"具体。但如果是纳博科夫，就一定要给你描画那个近乎透明的精巧耳廓的"结缔组织"上的毛细血管是怎样由蓝泛红的。他并没有真这么写过，可是按照他的习惯，一定会这样写。比如他的《说吧，记忆》，写到初恋情人塔玛拉踮着脚尖把一根"总状花序"的枝条往下拉，好摘下它皱巴巴的果子。他还清晰记得她黄色的天然柞蚕丝绸的连衣裙上出现的那块黑影。但是，我不认为他那些细节都是真实的，或者说是真诚的。比如他说，无论如何反复摆弄记忆的螺杆（又是一个多余的技术性说法），他都无法回忆起他跟塔玛拉是怎么分手的。他只好归咎于后来接触到的姑娘太多，她们的身影重叠在一起，造成了一个令人烦恼的"散焦"作用。可那是初恋哪！忘掉怎么分手，可能吗？

但遗忘有时候是幸福的先决条件。纳博科夫肯定读过博尔赫斯，因为20世纪60年代人们常拿两人相提并论。我读《说吧，记忆》，老是想到博尔赫斯那篇《好记性的富内斯》：主人公天生异禀，对一切视觉印象巨细无遗地刻录，循环不息地回放，最后鼓胀而死。"在富内斯的满坑满谷的世界里，有的只是伸手可及的细节。"但是，放大每一个细节，将造成记忆的重负；在每个点上聚焦，反而导致注意力的涣散。一个人用不着拿后半生来讲前半生，哪怕全都记得住。我从来没有见过《说吧，记忆》那样"满"的文本，服了他储存并把玩印象的超凡能力。但那架无名的滚轧机在他童年生活上压下的水印图案委实是过于复杂而清晰了，都挤爆了富内斯的脑袋。下面是纳博科夫小说《天赋》开头的一段话：

> 一个多云但光线明亮的日子，下午将近四点光景，一辆行驶着的深黄色加长搬运车，挂在一辆同为黄色的拖拉机上，后轮硕大无比，车上有无耻地暴露在外面的人体。车在柏林西区塔伦勃格大街七号门前停下来，车身前部装有一只星形排风扇，整个侧板漆上了用大号蓝色字母组成的搬家公司的名称，每个字母（包括一个方形符号）都镶着黑边，可耻地企图爬入邻近字母的领地。

我把它读了好几遍，试图都记在脑海里，因为纳博科夫的小说据说每一个细节都不含糊，我们必须"吸收了这一切，并且将其记录归档"。可是，直到最后，这辆后轮特别大而且装有"星形"排风扇的深黄色加长搬运车也没再来过。

见树不见林是人之常情，因此，小说家不能每个片段都过度书写，那样就会破坏了一个作品的部分与整体之间正常的关系。而且，诗的刺激不能持久，所以爱伦·坡告诉我们，长诗只是一些真正的诗的碎片与大量平淡的过渡的结合，是兴奋和沉闷的不断交替。但纳博科夫却是一味地精密繁缛，每一个细节都不含糊，把讲故事当成秀隐喻。再举一个例子。《黑暗里的笑声》一开头，当主人公想追的妞给他一点轻微的表示后，纳博科夫写道："欧比纳斯踩进一个血红色的雪坑。"这个句子的浅薄令人震惊，它把整本书的内容都给抖搂出来了。读者根本用不着多世故，马上能找出这个红色的雪坑隐藏的凶险。可是雪为什么是红色的呢？说不过去，但必须说过去，于是前一页作者伏了一笔："影院的灯光在雪地上投下一块猩红色亮光。"小说译者在后记里说，《黑暗里的笑声》原来是俄文写成的，纳博科夫操刀的英文版大加修改，把男主人公的名字改成有拉丁语"白色"含义的欧比纳斯，又把欧比纳斯家里的电话机从黑色改成白色，以便与象征情欲的红色形成对比。煞费苦心如此，真难为他了。

这样一来，他有理由要求读者"正确地"对待"真正的"文学，不能囫囵吞枣：

> 文学应该拿来给掰成一小块一小块的——然后你才会在手掌中闻到它那可爱的味道，把它放到嘴里津津有味地细细咀嚼；于是，也只有在这时，它那稀有的香味才会让你真正有价值地品尝到，它那些碎片也就会在你的头脑中重新组合起来，显露出一

个统一体，而你对那种美也已经付出了不少自己的精力。(《俄罗斯文学讲稿》)

我不否认，一个好的读者总是一个慢的读者。比如读《安娜·卡列尼娜》，当安娜临死前又坐了一次火车，"你会注意到这辆郊区火车的车厢与莫斯科到彼得堡之间的晚班快车的车厢不是同一个型号。每节车厢都更短，只有五个包厢。没有走廊。每个包厢两侧各有一扇门……"于是你又能回想起，安娜第一次乘的圣彼得堡到莫斯科快车上硬卧车厢的格局。纳博科夫在给学生讲课的时候，把这都给画出了图。他沾沾自喜并津津乐道于此，也传为佳话。所以在《俄罗斯文学讲稿》中，他会指点第一次与最后一次的车厢如何不同。问题是再细心的读者也根本不会注意到这个，如果他不是研究小说的学者的话。

詹姆斯·伍德在《小说机杼》(How Fiction Works)中说："纳博科夫的小说都可以看作是在夸赞好眼力，因而也是自夸。世上有些美不是眼睛能看见的，这些东西纳博科夫也不太看得见。"纳博科夫的眼力确实好，而且能看见别人看不见的东西。在《果戈理》中，他写道，如果你看见天是蓝的，叶是绿的，黎明是红的，那看到的并不是纯粹的颜色本身，而是盲目的名词与形容词的陈腐组合：

第一次真正看到黄色和紫色的是果戈理（他之后是莱蒙托夫和托尔斯泰），日出时候的天空可以是淡绿色的，晴朗无云的天气里，雪可以是深蓝色的，这些对你们所谓"古典"作家来说，听上去像是异教的胡言乱语。

可惜读小说的绝大多数还是天蓝叶子绿的平常人。纳博科夫说过，对于第一流的小说，作者自己就是理想读者。难怪了，纳博科夫的理想读者就是纳博科夫。像《微暗的火》这样的小说，只能是作者纳博科夫与读者纳博科夫共谋的结果。因为他晓得卡夫卡《变形记》的格里高尔是变成了一种圆顶状的甲虫而不是扁平的蟑螂。

（二）

在哈佛教阅读的詹姆斯·伍德，应该算是专业读者了吧。他的《小说机杼》就是谈论小说是怎么做成的，可连他也认为，现代小说家们对细节的关注，已经造成了重负，变成了苦行，没了那种信手偶得的趣味。他说：

> 我承认对于小说中的细节抱有矛盾的态度。我品味细节，消费细节，思考细节。几乎没有一天不提醒自己贝娄对拉普帕拉特先生雪茄的描写："叶子的白色幽灵带着它全部的脉络和淡去的辛辣。"但太多的细节令人窒息。福楼拜以后的小说传统尤其好这口：用过于唯美的眼光体察细节，这等于用另一种形式加剧了人物和作者之间的紧张关系。

纳博科夫对细节的定格已然成了一种雅癖。这种巴洛克式的写法，过分注重于感官的繁复的感受，让读者过多停留在各种颜色、声音和气味等细枝末节上，根本不适合人物和情节驱动的小说。任何多余的、不见得能贡献什么意义的细节都会拖慢了整个的叙事，而要紧的是叙事的节奏。我认真回想，却记不起《洛丽塔》几许鳞爪了，远不如读《巴马修道院》的印象来得鲜明饱满，尽管纳博科夫看不上司汤达，但司汤达的故事我会紧张得一气看完。相比于司汤达的迅疾的轻骑兵，纳博科夫却是一匹负重的老马，太慢了。海伦·加德纳《为想象一辩》在讨论文字阅读时说："心理过程在时间中发生，过去不断进入未来。专注于我们期待未来的能力，却忽视我们保存过去的力量，等于摧毁了心理体验中过去与未来的连续性。"这是不错的，但问题是我们也要避免走向另一个极端，让读者对未来的好奇被对过去的惦记所拖累。纳博科夫让我们时刻反顾，拿前面写到的东西与当下在写的东西复核验证，但司汤达更喜欢催我们向前看。

纳博科夫和司汤达的差异，略同于《红楼梦》与《水浒传》。《红楼梦》里可以有很多的勾连穿结的小细节，但《水浒传》里就少，"说时迟，那时快"，没那个闲工夫跟你嚼舌根：

> 那后生就空地当中，把一条棒使得风车儿似转，向王进道："你来，你来！怕的不算好汉！"王进只是笑，不肯动手。（第二回）

> 洪教头先脱了衣裳，拽扎起裙子，掣条棒使个旗鼓，喝道：

"来，来，来！"（第九回）

　　《水浒传》是说书人的话本的升级版，引人入胜是它的生命线，"且听下回分解"是它上紧了的发条。《红楼梦》则接近于现代小说，情节设计繁密，但不一定都有推动情节的功能，却和小说整体发生各种各样的联系，往往有寓意，值得人慢慢捣鼓推敲。我不妨借三十五回宝玉让宝钗的丫头莺儿打络子，来直观地看这一点。里面讲什么松花配桃红，葱绿配柳黄，自然都是巴洛克式的感官愉悦，但打络子的缠绕纠结更有感情陷入迷局的意味。想到来日不知哪个有造化的消受宝钗莺儿主儿两个，宝玉已经"不胜其情"了。偏偏袭人喜盈盈来告知王夫人刚才特地打发人指名给她送了两碗菜，"从来没有的事，倒叫我不好意思的"。宝钗抿嘴一笑："明儿还有比这个更叫你不好意思的呢！"一个缠缚着宝玉的牢牢的结已经编织成了。曹雪芹的细节真是勾牢了整本书。

　　为《红楼梦》导夫先路的是《金瓶梅》。比如，绣像本第一回"西门庆热结十弟兄"，写应伯爵、谢希大等人凑的份子，吴月娘打开纸包，只有应伯爵是一钱二分的银子，其余也有三分的，也有五分的，都是些红的、黄的，也就是成分不足的劣银。天可怜见，平日里帮嫖帮赌、混吃混喝的清客们，个个穷得叮当响，只能抠出这点钱来凑趣，巴结西门大官人是指望能刮他一点。这些或红或黄的散碎银子，一开始就透露了他们惨淡微末的生命底色。

　　现代小说淡化了叙事，淡化了情节，但毕竟不能抽空它们，仅凭语言的韵律和色差就能自足。福楼拜说他愿意写这样一本书，

"只靠文笔的内在力量支撑，犹如没有支撑物的地球悬在空中"，但说的不是《包法利夫人》。乔伊斯《尤利西斯》伟大的语言之毛，也要附着在布鲁姆的都柏林十二时辰这张皮上。情节是速死的，细节是增生的。情节也许只是一个小说的借口，但没它不行。

纳博科夫教我们别放过细节，没错。比如我，直到前几天才看到一张大观园的地图，看见薛姨妈一家是住在最僻远的东北角，紧邻全园子的总厕所，才想起她们真能将就，为了下一盘很大的棋。但我并不认为要想欣赏托尔斯泰的艺术，就必须明白圣彼得堡至莫斯科快车上硬卧车厢的格局。我看见这幅大观园的图之前，难道就不清楚薛氏母女的使命吗？最多有点帮助，带点乐趣而已。

纳博科夫又教我们把作品掰成小块细嚼慢咽，也没错。但错就错在他是针对陀思妥耶夫斯基说这番话的。而陀氏小说受激情驱使、靠情节发展，要求读者时刻保持注意力，偏偏最不适合这种撕碎了品尝的读法。纳博科夫也承认："在我看来，和托尔斯泰的方法比较起来，陀思妥耶夫斯基的一些手法就像是球棒的猛力一击，而不是艺术家手指的轻轻一触。"他说，在《卡拉马佐夫兄弟》里，陀思妥耶夫斯基善于经营情节，对高潮和悬念的设置把握近乎完美，在激发好奇心和保持注意力方面做得很成功，"把轻信的读者卷入猜测揣摩的漩涡之中"。但这一切都算不了什么，他故意夸奖陀思妥耶夫斯基另外一部不为人看重的《双重人格》，说它写得精巧细致，是一部完美的艺术作品，"几乎是乔伊斯式的细节描写"。纳博科夫到头来还是情愿捡了细节的芝麻，丢了情节的西瓜。

没有人听音乐是把一支曲子拆开来一个片段一个片段地听。

只能完整地听，从头到尾地听。把小说掰开来看，再把散布的碎片在头脑中重新组合成统一体，得费多大的劲儿啊！那是做研究。只有纳博科夫这种采用卡片式写作方法的小说家才会这么理解小说。对于世事人情，小说家应该是望远镜和显微镜兼用，有时就像对蝴蝶翅膀上的花纹那样盯牢了看，有时却只能大而化之，写一阵突如其来的浑成的飓风。同样精细的弗吉尼亚·伍尔夫，就把陀思妥耶夫斯基的小说比成把人们没头没脑卷进去的龙卷风（waterspouts），读起来欲罢不能。（《俄国人的观点》）

（三）

20世纪伟大的小说，詹姆斯·乔伊斯的《尤利西斯》，马塞尔·普鲁斯特的《追忆似水年华》，还有纳博科夫，这些精密的、复杂的、有时不得不说是冗长的文本，都是值得细嚼慢咽的经典。它们支撑起了现代学院制度下庞大的学术生产。可以想象，研究者都像参谋部的指挥员一样，在一幅巨大的作战地图跟前，手摁着一个点，再指着另外几个点，寻找两者之间的联系，并推测敌人的意图。地图上密密麻麻地画了圈，标了箭头，插了小旗子。

但问题是，现代小说家对精准的语言和微妙的细节的钟爱，某种程度上造成了冷血。当惩恶扬善的道德主题从小说中撤退，主角从崇高的英雄变成了无名的小人物，现代小说普遍落入一种反讽认知模式、一种狡黠的智力训练。纳博科夫说："我的小说没有社会目的，没有道德信息。"他不关心伟大的思想、社会的责任、政治观念的交锋。他说，灵魂探索、自我启示、感情用事等等，都不应该成为理由，让陀思妥耶夫斯基写得糟糕。正是在这个意义上，他说：

> 有关庸俗的可怕之处在于，我们觉得很难跟人们解释，何以一部"主题远离日常的纷纷扰扰"、似乎充满高贵的感情和同情、能够赢得读者注意的书，要比那种人人都承认低廉的文学更糟、更糟。

这就要返回到纳博科夫的传记学材料了。我认为，终其一生，纳博科夫关心自由远超过关心平等，或者说他根本不关心平等。"从年轻时代起，我的政治信念就如同一块花岗岩一样，无可改变。还是传统的老一套：言论自由，思想自由，艺术自由。"作为一个纯粹的艺术家，这没有什么问题。但就俄国伟大的小说传统而言，他是异类。

不像屠格涅夫，也不像赫尔岑，纳博科夫对自己的贵族地位，只有眷恋，没有道歉。他只记得他父亲被感恩的农民抛上天空的镜头，好像球队得了联赛冠军，球员们把教练欢呼着抛上天空。《说吧，记忆》中的那一段真是文字的魔术，把他父亲的仁慈定格成永远。他似乎从来不屑于关心他们家族的富有从何而来，有没有原罪。他也并无深究俄国革命得以发生的初始原因。而帕斯捷尔纳克的《日瓦戈医生》，一部纳博科夫不要看的小说，之所以打动全世界人的心，就是因为它试图给俄国革命找出道德上的起因。

在《说吧，记忆》中，纳博科夫说自己的父亲属于"无阶级"的俄国知识分子。他对"阶级"这个词实在是太不敏感了，或者说根本上回避。可是他总是有意无意地透露出自家的义与富且贵。举例来说，他的卢卡舅舅死了，指定十七岁的他继承的遗产大约折合现在的两百万美元，外加庄园和两千亩山林沼泽。然后隔几页，他说，"以我们家的富有，没什么财产的继承值得关注"。他说自己对物质问题很淡漠，跟苏维埃的旧怨也与财产被充了公无关。他宁愿深情地描述一块英国产的皮尔斯牌肥皂，干的时候像沥青，湿的时候对着光如同黄水晶。

顾随说，禅师与佛，终有不同。佛是悲智双修，禅师智即不无，悲则不有，也就是无情，无哀矜之心也。我们看到了很多纳博科夫在智力方面的出色表现，处处显现他的偭僾分明，比如编国际象棋棋局，比如发现一个蝴蝶的新种——他拿捕蝶器照的相比一个网球明星拿网球拍照的还要多。但同时我们也看到了他的绝情忍性，一以贯之的险峻作风，了不见其有所谓大悲心。他贬低陀思妥耶夫斯基，但他缺少的也正是陀氏的悲悯。他想必意识到什么，所以为自己辩护说：

> 美加怜悯，这是我们可以得到的最接近艺术本身的定义。何处有美，何处就有怜悯。
>
> 实际上我相信，有朝一日会重新鉴定并宣告：我并非一只轻浮的火鸟，而是一位固执的道德家，抨击罪恶，谴责愚蠢，嘲笑庸俗和残忍，崇尚温柔、才华和自尊。

可是，他对罪恶与残忍的认识是很奇怪的。博伊德《纳博科夫传》提到一个事实：1965年底，约翰逊总统刚刚下令轰炸北越，引起全世界的反对。但约翰逊做胆囊手术时，纳博科夫给他发电报，祝愿总统早日康复，"尽快回到您正在完成的令人敬佩的工作中来"。纳博科夫真是特立独行啊，敢冒天下之大不韪，只为担心苏联的影响扩大会压制这个地区的自由。但历史的定格却是大卫·列文（David Levine）给约翰逊总统画的那幅著名漫画：手指着越南地图形状的长长的刀疤。

醉虾是怎样制成的？

——读《曼德施塔姆夫人回忆录》

细沙似的恐怖。黑橡胶似的寂静。契卡人员头脑中一管无形手枪的不测风云。眼睛那受惊的漩涡。心脏承受不了的重负。身体稍一用力就会感到疲惫，连说话和散步都觉得累。耳朵警觉地朝向门口停下来的汽车和夜间启动的电梯，害怕突如其来的不速之客。但客人还是会来，那些襟怀坦荡的密探，大刺刺地戳在你家门口，或大摇大摆地坐到你家中，问你最近都写了什么东西，能不能给他抄一遍。"这里有几段啊？什么也看不清楚，瞧这笔迹！瞧，我写字多棒！"密探说来就来，从不敲门。你必须对他的问题一一做出回答，否则等于给了他任意编造的借口，麻烦可大了。"告密者们变得越来越放肆，越来越无耻。"

这就是20世纪30年代斯大林治下的苏联。娜杰日达·曼德施塔姆（1899—1980）是俄国著名诗人曼德施塔姆的遗孀。丈夫两次被捕，1937年12月死于海参崴的集中营。妻子活下来，60年代初开始撰写关于那个恐怖时代的回忆录，70年代相继写成三部曲，《曼德施塔姆夫人回忆录》（刘文飞译，广西师范大学出版社2013

年版）是其第一部，也是最重要的一部。此书令人极度震撼，在我的阅读经验中，无论是反映那个时代的广度，还是反思那个时代的深度，无能出其右。

以前读茨维塔耶娃的传记，觉得她十七年的侨民生活，特别是在巴黎贫民窟中的生活，是嚼不完的苦涩的艾蒿。现在，读了曼德施塔姆夫人的回忆录，就觉得茨维塔耶娃简直是身在福中了，因为物质上固然贫乏，精神上却很安全。安全感是仅次于阳光与水与食物的必需品，平常不感到可贵，甚至不觉其存在。所以，当别尔嘉耶夫1922年被驱逐，乘船渡过波罗的海的苏维埃边境，那份安全感失而复得，他不禁特地记上一笔（见《自我认知》第十章）。在娜杰日达·曼德施塔姆的笔下，人人自危的气氛笼罩始终，令人窒息，隔不了几页便有脑袋像蒲公英一样飞出去。"当恐惧和绝对无解的难题在大地上堆积，普通的存在问题便会退居次席。"（《大地和尘世因素》）以至于作者写道："试想一下，我们也可以拥有这样一种伴着心碎、丑闻和离婚的普通生活！世上总有一些疯子，他们不知道这就是正常的人类生活，不知道应该全力以赴地追求这样的生活。为了这样的悲喜剧是值得付出一切的！"（《菜篮子》）怪不得当革命弄瘫了日常生活的腿之后，日瓦戈医生会感叹普希金写得好："如今我真想有一位主妇，/希望过着平静的生活，/还有一砂锅菜汤。"（《奥涅金旅行片段》）而拉拉会说："如果时间倒流，如果在某个远方，世界的尽头，我们家窗口的灯奇迹般地亮了，照亮了帕沙书桌上的书，我大概爬也要爬到那儿去。"

生计无着，丧家狗一样没有个窝，连一张像样的书桌都没有。茨维塔耶娃写诗赞颂她在巴黎稳固的书桌，这对曼德施塔姆来说过于奢侈，他偶尔才能借用一下别人家的餐桌写下他头脑中形成的诗篇。茨维塔耶娃1939年回国后没有住处，她向作协书记法捷耶夫求告，对方却连一平方米都不给。曼德施塔姆更窘困，被作家组织捆绑了二十年，没有作协的许可，就连一片面包屑都得不到。阿赫玛托娃情况也好不了多少，她在大饥荒时代的贫穷，曾令目击者失声惊叫。因为"对俄国文学作出贡献，却无法在苏联文学中找到位置"，三十五岁的阿赫玛托娃"老太太"不得不领取每个月七十卢布的"养老金"。曼德施塔姆领取的则是"退休金"。也不算冤枉他，因为他衰老得太厉害，四十出头就被唤作"老头子"，在集中营里五十多岁，看上去倒有七十左右了。

这就是俄罗斯白银时代的三位最杰出诗人的命运。别尔嘉耶夫说：

> 俄国革命同样是俄国知识分子的终结。革命永远是忘恩负义的。俄国革命黑着良心对待俄国知识分子，对他们进行迫害，使他们沉入深渊，并不顾念他们为革命作过准备。它把整个俄罗斯文化都抛入深渊，实际上，后者一直是反对历史上的政权的。（《自我认知》第九章）

的确，正如金雁在《倒转红轮》自序中所说的，俄语的"知识分子"（интеллигенция）一词，原意就是指"思想反对派""心灵反对派"，是指那些"把不认同现存制度、质疑官方教义作为终身目标"的人，与专制制度存在天然的"离心力"。在沙皇统治下，知识分子的优秀人士不断遭监禁，被流放，但比起斯大林政权对知识分子的虐杀，旧制度却显得仁慈许多。回忆录中有很多地方都提到，沙皇的监狱远没有新时代的黑暗。"有些人熟悉沙皇时期的监狱，那时的监狱也绝无人道可言，可蹲过沙皇监狱的那些人却证实了我的一个猜测，即当时的被捕者要健康得多，他们的心理也保持得更好，远胜过如今。"（《错觉》）这也证明别尔嘉耶夫所言不虚："契卡的监狱十分艰苦，革命监狱的纪律要比旧制度监狱的纪律更为冷酷。我们处在旧监狱里不曾有过的绝对隔离状态中。"沙皇流放人犯不会牵扯到家人，但斯大林用的是斩草除根的灭门法。政治犯的孩子也会集中到特设的地方，被视为将来的替父复仇者，其命运不问可知。对流放者而言，更可怕的是民众的冷漠，连看都不看一眼，因为对囚犯们表示怜悯已经不被允许，遑论施舍。而在沙俄时代，十二月党人是在民众崇敬的眼光里踏上冰雪历程的。斯大林切断了整个俄罗斯文化的根。

但是，娜杰日达的这本回忆录，不仅仅是为保存记忆，给一代高贵的、才华横溢的知识分子怎样在国家使用的暴力、谎言和杀戮面前被毁灭提供一份备忘录，也就是说，不仅仅具有反映那个时代的广度及真实度，此书真正非凡的价值在于反思那个时代的深度。娜杰日达将夹叙夹议的写法贯穿始终，她总是在描述场景与事件之后，加以精到的评点和细致的剖析，使理性与感性高度统一，有着赫尔岑《往事与沉思》式的凝重风格和透视历史的犀利眼光。在冷静地记述非人间的苦难的正文空白处，眉批一样散布着振聋发聩的警世与醒世之语，直钻入我们的骨髓里去。

在书中，作者一再追问：面对斯大林的暴政，为什么苏联人民，特别是知识分子，都逆来顺受，表现出惊人的自制力？

> 我们善于在夜间被抄家、亲人被逮捕之后赶去上班，在单位面带一如既往的微笑。我们必须微笑。左右我们的是一种自我保护的本能，是对自己亲朋好友的担忧，以及一种特殊的苏维埃礼仪规则。（《另一边》）

娜杰日达认为，当一切都被剥夺，什么都不再剩下，就应该哀嚎出来，因为沉默是真正的反人类罪。可是为什么，我们竟然丧失了哀嚎的能力？作者将这种普遍的失语称为"嗜睡症"和"心理瘟疫"。在20世纪30年代苏维埃国家宣传机器的轰鸣声中，苏联人达到了一个很高的心理盲目水平，完全丧失了现实感，对身边每天发生的精神与肉体的酷掠视而不见，害怕交往也失去了交往能力，人人躲进自己的角落，将自由的权利让渡给统治者。知识分子没有能坚守独立性，娜杰日达说，其"自我毁灭"，乃"共同犯罪"！

醉虾是怎样制成的？作者冷静而痛切地一再指出：是全体人民被"革命""历史"与"进步"这些大词儿忽悠和裹挟了去。"关于历史决定论的布道使我们丧失了意志和自由判断。"（《非理性》）这是一种新宗教，其核心教义认为，世界上存在着某种颠扑不破的真理，一旦掌握，就可以根据我们的意志改变历史的方向，打造未来的天堂。于是，当一种思想被视为科学，而所谓科学上升为宗教，人人都被这一宏大愿景烧灼了血与神经：

> 信徒们不仅相信他们未来的胜利，而且还坚信他们将造福全人类，他们的世界观中有一种独特的完整性和有机性，足以构成一个最大的诱惑。前一个时代就曾体现出对这一目的的渴望，渴望从一个思想抽取出关于世间万物的所有解释，一劳永逸地将一切带入和谐。正因为如此，人们才心甘情愿地弄瞎自己的眼睛，盲目地紧跟领袖，不允许自己将理论与现实作比，并进而对自己行为的后果作出评判。正因为如此，现实感逐渐丧失殆尽，要知道，只有重新获得现实感，才有可能找到始初的理论错误。还要过上很长一段时间，我们才能计算我们究竟为这个理论错误付出了多大的代价，我们才能验证，"我们的大地抵得上十个天国"，这句话是否能当真。付出天国，我们是否真的就能获得大地？（《毁灭之路》）

但30年代的苏联，人人都生怕置身于"革命"的壮举之外，生怕"历史"的伟业没有自己的份。问题是，大写的历史是以小写的人为原料的。当听到曼德施塔姆的死讯时，法捷耶夫举杯祝愿诗人的魂灵安息："他们杀了一位大诗人。"曼德施塔姆夫人说，这句话若是翻译成苏维埃语言就是："砍树总得飞木屑。"杀人，然后用历史必然性为自己开脱。而人，只是物，是螺丝钉，是铺路石，是木屑。斯大林治下的残酷现实，让诗人曼德施塔姆想起埃及和亚述的建造者们，"它们宣称它们的事业与人无关，它们需要利用人，就像利用砖石、水泥一样，利用人来建设，而不是为了人"。在这个意义上，以人为本乃是一种理想的归位。

我们已经走出了大历史，进入了小时代。但是我们应该庆幸，对正常的人类生活求之而不得的曼德施塔姆夫妇也会为我们庆幸：时代小一点，苦难少一点。

大历史与小时代

——读奥利维埃·罗兰《纸老虎》

    法国小说家奥利维埃·罗兰（Olivier Rolin），今年六十六岁，头发半黑半白，像教授，也像剑客。毕业于巴黎高等师范学院，获文学和哲学两科文凭的他，属于标准的学者型作家，但当年却真是一位剑客。他年轻时信奉毛泽东思想，热衷于颠覆与革命，在法国1968年学生风暴中曾经是左派武装的小头目，还指挥过街垒战呢。这段经历，成了他日后小说写作的核心的动力、铭心的主题、萦心的回忆与想象之源泉。从1983年发表第一部小说《未来的现象》，到1994年获费米娜奖的《苏丹港》，直到2003年获法兰西文化奖的《纸老虎》，他的题目一以贯之：从造反有理，到青春无悔。

    罗兰小说的中译本已有《苏丹港》（郭安定译，人民文学出版社2006年版）和《纸老虎》（孟湄译，中央编译出版社2012年版）。对于中国读者来说，更有吸引力的，自然是《纸老虎》，书名就透着亲切。我就来谈谈《纸老虎》。

    这本小说，形式上有点困难，从头到尾都是意识流，非常像克劳德·西蒙的《弗兰德公路》和《农事诗》。果然小说里就提到这两本书，甚至其中描写女性身体的V，也是来自《弗兰德公路》。小说以第二人称"你"为主角，对自己昔年战友的女儿讲述1968年前后的故事。在今日巴黎五光十色的城市景观的环流中，往昔的人与事碎片般展现，断断，续续。声色光影的词的符号，看似随意其实精心的句子，巴洛克风格的篇章，对一般读者的阅读是一种挑战。寻找故事的人是会失望的，但作者的意图不在讲故事。

罗兰要讲出1968一代的激情与梦想，追求与失落，荒唐与严肃，以及时过境迁之后的感叹与思考。作者笔下的法国学生运动，看起来就像是团委领导下的模拟活动，因为没有真实的行动。橡皮泥做的假炸弹去炸火车，高音喇叭在公寓楼顶上的鼓动却失灵，最暴力的一次是用木板箱子绑架了越战美军提供零件的工业家，却被他挤爆而挣脱。在后世史家眼里，1968年的"五月风暴"，本来就充满了嘉年华色彩。警察与示威游行队伍对峙着，石块横飞，警棍乱舞，但上千万人的学潮与工潮最后只死了五个人。作者于是说："今天所有的有钱人都认为这是个可笑的历史，是个大玩笑，是学生排队上街的表演，是低级滑稽剧。"（第22页）

然而这场轻喜剧式的模拟革命产生了现实的悲剧后果。小组的头儿杰德翁，不过比自己大两三岁，却革命资格很老的样子，"像被伟大的历史和理论涂过圣油的伟人"，但他下达的指令"简单到令人发指的程度"。杰德翁从中国的疯狂里得到灵感，要同志们搞"一帮一，一对红"，硬生生拆开一对让人嫉妒的情侣，而他和她居然以抽象的革命的名义屈从了这个荒谬的命令，跟别的人结对子。疑心了，分手了，男的彻底毁了，至今在酒精的炙烤下苍白地追悔。而细腻复杂的富家子内西姆最终也在黎巴嫩的高楼上跌得粉碎。是主人公和女孩的父亲下的任务，安排了内西姆的命运。

为什么要把自己的幸福拿给别人商量，让给别人控制？小说主人公对年轻的女孩说："你们这些超现代者，你们对个人幸福的这种天真崇拜，大概跟你们对大历史的那种不可救药的无知有一定关系，这让我无法容忍。"（第69页）说到历史了，对，历史，大写的历史或者说大历史，在越南的丛林中正在写就，那是世界的轴心，而欧洲、法国、巴黎，处在外围。

> 有多少人诞生在大写的历史里，在目标的中心，又有多少人错过了时代。那时候我们就是这种感觉。我们没有尝过伟大的滋味。我们很高傲。（第19页）

> 我们去反潮流，逆流而行，我们鼓足干劲地学习过去，异想天开地追求未来，可是，我们完全地站在历史之外。（第181页）

大历史不带自己玩了。好一声叹息！我读野夫《身边的江湖》，其中一个写知青去缅甸参加解放全人类的伟大事业最终却沦为武装贩毒者的故事，令我印象深刻。现在人不理解，但我们理解，因为那是去创造历史啊！1968年5月的巴黎学生就是在创造历史，如同1789、1848、1871。从马克思到毛泽东，从托尔斯泰到萨特，从你到我，都只是历史的大大小小的程序员而已。人类至今还是结绳记事的，1917、1949、1968、1989……都是历史的绳索上打的结。参与打结的人有福了。

但是，自从柏林墙倒塌，资本主义生产与生活方式一统天下之后，大历史就退潮了，终结了。现在是小时代。谨小慎微的经济人滋生，成功学和励志书摆满书店最显眼的位置，在国家单位做一个公务员就能以妥帖的生活和光鲜的衣着骄人，在跨国公司做一个金领就能以靓车、豪宅、马尔代夫游昭告天下。就像罗兰在《苏丹港》里所说的："一个人的声望，他在别人心目中的地位，都是随着他所能抖搂出来的阔绰之规格而起伏变动的。"《纸老虎》的主人公们不屑于这样的生活。"我们不会重新回到那个老路上，同时，我们拒绝成为布尔乔亚，那样做就好像我们不曾反抗过那个预制好的未来。"（第242页）作者在《苏丹港》的开头说的一番话，很有概括力：

> 我们勇气十足，单纯又多情。仅仅为了这些，我们就不会贬损我们的年轻时代。后来，事情不得不告一段落。世界的惰性占了上风，我们的青春活力渐渐不支了；信仰的狂热蜕变成为谋略与权术，恐怕任何时代都有这种情况。斗争显然有了结局，引得看客们发出一片掌声。

这就是青春无悔的意思吧。东西方那一代人不约而同的命运，在与今日世界发生对撞后，连发出的回声都是相似的。

事实上，青春无悔的问题，只出现在青春有悔之后。当一个人说他无悔时，他其实已经悔过多少回了。他怎么就不知道自己的青春，单纯又多情的青春，失去了，而且永不再回来？更要命的是，现在看却没有多大必要，没有多大意义。青春黄了，白费了，但毕竟爱过，梦过，心跳过，流泪过，痴迷过，付出过。人间万事消磨尽，只有清香似旧时。"仅仅为了这些，我们就不会贬损我们的年轻时代。"在《中国1968——上山下乡》（王增如、李向东著，解放军出版社1999年版）的最后部分，当事人回忆过去的心态，非常复杂，奇怪，但又合情合理：

> 她还会想到自己，没有文凭，没有学历，没有职称，没有适应城市生活的技能，甚至也失去了常人所有的健康，她把这一切都留给了橡胶树了。她悲哀吗？她后悔吗？如果人能再生，她还会这样过一辈子吗？她说不清。（第371页）
>
> 真是奇怪，当年那段苦得使她几乎不能忍受的生活，今天回忆起来，却是那么甜蜜、温馨，甚至让她怀念和留恋。（第375页）

所以说，青春无悔的命题，是一个自我怀疑、自我说服、自我开释的复杂的心理过程，是无数场深夜里的自我激辩之后无法定论却只能潦草结案的判词。

生命的意义何在？我们今天这些精致的利己主义者，与从历史哲学的高度看待一切的人有完全相反的认识。在《纸老虎》里的主人公看来，"那时候的人都自愿要继续那种清苦、危险、充满博爱的生活，那是他们曾经在战争年代分享的生活。那时候人们害怕掉进利益的垃圾堆，害怕掉进没有意义的生活"。但是，《纸老虎》中的人物毕竟不是梁晓声，他没有用"激情燃烧的岁月"作为遁词，好让自己躲起来，躺下去，因为他知道，曾经诱惑过自己的意识形态其实就是激情澎湃地制造伪证，而且那是一种强加于人的激情。小说里写到主人公读毛的哲学文章，"人的正确思想是从哪里来的？"世上客观现象都是通过五官反映出来的，眼睛、鼻子、耳朵。作者刻薄起来了："好好上帝！这真是不可告人的想法。这只能是私下在小客厅里练的哲学。"这位法国高师毕业生说，他后悔把自己变成大老粗！

在某个罕有的时刻，作者也不得不承认今天这个小时代的好："应该承认的是：它要少些血腥。"（第76页）然而，这个时代还是让人瞧不上眼。然而，瞧不上眼的人又不得不承认，他们与这个时代终究脱不了干系："但是这个时代是我们这一代把它塑造的，这个时代是软弱无力的时代，是崇拜舒适像崇拜宗教一样的时代，是以各种解放的名义任自己随波逐流把虚伪装饰起来的时代，而这些都是我们自己干的！"（第230页）你看，在《纸老虎》里，作者最终的意图，主人公最后的想法，纠结到不可收拾。可这正是小说的迷人之处。罗兰在一篇《如果世上没了小说，我们就要害怕了》的文章中写到，他之所以成为一个小说家，是因为唯有小说能够接纳犹豫不定的思想，而小说微妙的天才对于政治说教那种二元定式思维的简单性是一种很好的抗体。小说不下结论，不定规则，不做决定。"政治做整理，小说去搅乱。"他说。

《纸老虎》中译本在杭州做推介时，我陪罗兰去富春江上的严子陵钓台。在盆景一般的芦茨湾，一湾细细的波纹，一只轻盈的渔舟，舟上有人在垂钓。对此静谧安详的画面，小说家忽然想起什么，对我说："我有一条船呢，海上的船。什么时候你去我那儿，我带你出海去！"拒绝成为布尔乔亚，宁愿做个波西米亚，所以这位小说家买不起或者不买房子，却拥有唯一的不动产——不，动产——大海上的一条船。

后　记

　　本书收入了我最近六年来所写的二十二篇文章，其中十篇发表于《南方周末》。四年前我将刊载在《读书》杂志上的文章结集为《湖上吹水录》出版，那是二十篇，但写作时间前后跨越了二十年。我的产量明显提高了，但愿质量也能有所提升吧。

　　前一阵读孔慧怡《不带感伤的回忆》一书，其中记刘殿爵教授一篇，有一片段，令人发噱：

　　　　有一天，他在亚非学院走进电梯，看到Angus Graham正埋头苦读，问道："Angus，是什么好书，看得这么入神？"Angus Graham答道："是我自己写的书。我真惊讶，怎么从前有本事写出这样的好东西？"刘殿爵边说边模仿Angus Graham那一副难以置信的模样，很是欣赏故人的真性情。

　　这位汉学家Angus Graham的中文名叫葛瑞汉。他的代表作《论道者：中国古代哲学论辩》是1989年才出版的，所以"从前有本事写出这样的好东西",恐怕是指他研究二程哲学的博士论文吧？时隔多年还能佩服自己的少作，真是好福气。我只想二十年后看回现在所写的文字，不后悔就好。

这些文字，我不愿称之为"随笔"或"散文"，因为从造句到谋篇，往往既不随便，也不散漫。也不算"小品文"，因为有很多简直是大品。那就什么都不是吧，只是文章。在写的过程中，我要特别感谢《南方周末》的刘小磊先生，是他肯为我经常提供整版的篇幅来刊发。在印的过程中，我要特别感谢浙江大学出版社的罗人智君，是他愿为我这位十多年前的老师精心编校这本集子。此外，还有卫纯、沙湄、寒碧、李昶伟等朋友，都曾给予发稿的帮助，一并铭感于中。

书名题签是集补《曹全碑》的字，碑本有朱彝尊旧藏。他以隶书名世，得力于此碑者最多。既然以写其情事的篇名作为书名，这样也算是小小的纪念。2020年3月3日，江弱水于良渚。

图书在版编目（CIP）数据

十三行小字中央 ／江弱水著；— 杭州 ：浙江大学
出版社，2020.4
ISBN 978-7-308-19998-8

Ⅰ．①十… Ⅱ．①江… Ⅲ．①随笔-作品集-中国-
当代 Ⅳ．①I267.1

中国版本图书馆CIP数据核字（2020）第021639号

十三行小字中央
江弱水 著

责任编辑 罗人智
责任校对 闻晓虹
装帧设计 程 晨
出版发行 浙江大学出版社
　　　　　（杭州市天目山路148号 邮政编码 310007）
　　　　　（网址：http://www.zjupress.com）
排　　版 杭州林智广告有限公司
印　　刷 浙江印刷集团有限公司
开　　本 880mm×1230mm 1/32
印　　张 7.875
字　　数 160千
版 印 次 2020年4月第1版 2020年4月第1次印刷
书　　号 ISBN 978-7-308-19998-8
定　　价 55.00元